サーベル警視庁

今野 敏

角川春樹事務所

サーベル警視庁

装画／ヤマモトマサアキ
装幀／荻窪裕司

1

明治三十八年七月

日本海海戦の快勝で、国内は大いに沸き、今国民たちは、樺太(からふと)の戦いとなった日露戦争の行方を見守っていた。

新聞各紙は、戦果を大いに書き立て、警視庁内でも、話題になっていたのは例外ではない。

巡査の岡崎孝夫(おかざきたかお)は、警察署から上がってきた書類をまとめながら、上司が話す内容を、聞くとはなしに聞いていた。

「樺太も、じきに日本のものになるね」

「そう喜んでもいられないさ」

「戦争に勝つのはいいことだ」

「この戦争で、日本はすっからかんだよ。増税に国債の乱発。それでも金が足りない」

「ロシアが戦後の賠償金を払えば済むことだ」

「さて、ロシアも革命騒ぎで、どうなるものやら……」

話をしているのは、警部たちだ。

さすがに、巡査などとは違って、国の情勢をちゃんと理解しているのだなと、岡崎は感心していた。

岡崎は米沢（よねざわ）出身だ。軍人になろうと思い、上京したが、いつしか警視庁の巡査になっていた。

彼が警視庁に入庁したのは、故郷の大先輩である河村備衛（かわむらそなえ）の話を、幼い頃から聞かされていたからかもしれない。

十年前、河村備衛は、警視庁第一部第一課の警部だった。

彼は海軍兵学校に入ったものの、薩摩（さつま）の連中が幅をきかせているのが気に入らず、訓練にも勉学にも身が入らなかった。

海軍は性に合わないと言っていたそうだ。それからどういう経緯で警視庁に入ったのかは聞いていない。

だが、どうやら警視庁の水は合ったようだ。警部で、四級俸だったというから、なかなかの出世だ。

岡崎も、第一部第一課の所属だ。この部署がやたらと忙しい。

分署や警察署から上がってくる報告書などの書類を取りまとめるのは、警保局の役目だが、この警保局はたいてい警部の兼務だ。

警部自身が書類を書いたりはしないので、当然それらは岡崎たち巡査の仕事となる。書類仕事だけでも忙しいのに、巡査は市内の見回りもしなければならないし、事件が起きれば真っ先に駆けつけなければならない。

当番で寝ずの番をすることもある。

巡査の仕事は楽ではないが、それでも岡崎は気に入っていた。田舎からいっしょに出てきた仲間たちは、それぞれに仕事に就いたが、いずれも厳しい生活を強いられていた。

日露戦争は勝ち戦だと言われているが、浮かれているわけにもいかない。先ほどの警部たちの話にあったように、経済的なしわ寄せは国民生活に及んでいる。

山と積まれた日誌や報告書を保管できるように束ね、必要がある箇所は書き写した。今日中に終わるだろうか。そんなことを思っていると、壁の電話のベルが鳴り響いた。

受話器を取ったのは、服部仲親課長だ。多くの警視庁幹部同様に、立派なカイゼル髭をたくわえている。課長の階級は警部で、俸給は二級だ。

東京と横浜で電話の営業が始まったのは、もう十五年も前のことになるが、壁に設置された電話の数は限られており、電話を使うのは警視か警部の特権だった。

「不忍池に死体が浮かんだ……」

服部課長がそう言ったので、その場にいた者たちは手を止めて課長を見つめた。

受話器を掛け金にぶら下げた課長は、部長席に急いだ。

部長席にでんと構えているのは、鳥居忠重警視だ。

彼は、幹部には珍しく髭を生やしていない。旗本の家柄だというが、いかにもそれらしい。瓦解（明治維新）から三十八年も経つと、侍らしい人物がだんだんと減っていくが、鳥居忠重は、今でもその風格を保っている。

旗本で鳥居といえば、思い出すのは鳥居耀蔵だ。遠山金四郎景元を、北町奉行所から追い出した悪役として、講談や歌舞伎で有名になった。

　鳥居忠重部長は、その縁者だという噂もあるが、本当のことはわからない。本人が語らないからだ。

　まあ、もし縁者だとしても、マムシの耀蔵とか、妖怪とあだ名される嫌われ者の縁者だとは言いたくないだろうと、岡崎は思っていた。

　服部課長から報告を受けると、鳥居忠重は、伝法な六方詞で言った。

「おう、葦名。おめえ、舎弟を連れて行ってくんな」

　髭がないことも、警察幹部としては少数派だが、こうした言葉遣いも珍しい。薩摩者が幅をきかせているのは海軍ばかりではない。警察も同様だ。なにせ、警察の父と呼ばれる初代大警視は、薩摩の川路利良だ。ちなみにかつての大警視が、今は警視総監に当たる。現在の警視総監は、安立綱之で、やはり薩摩出身だ。

　そして、薩摩者は、六方詞など東京の風俗を嫌う傾向が強い。警視庁内でこうした態度を取るのは、決して得策ではないと、岡崎はいつも思っている。

　だが、鳥居部長はまったく平気な様子だ。警視庁の花形である第一部を堂々と、そして飄々と束ねている。

　葦名警部が立ち上がる。

「はい。心得ました」

　服部課長が言う。

「私も行きましょうか？」

それを聞いた鳥居部長は言った。

「課長のおめえさんは、庁内にいていろいろと仕切ってもらわなきゃならねえ。葦名に任せときゃ間違えねえよ」

「はあ……。でも、どざえもんとなれば、大事件ですから……」

「事件かどうかは、まだわからねえよ」

「ですから、それを確かめに行くわけでして……」

「おめえは苦労性でいけねえな。葦名の爪の垢でも煎じて飲んだらどうだ」

「爪の垢ですか……」

服部課長が顔をしかめる。それを見て、鳥居部長が笑う。

「おめえは、ほんとうに生真面目だな。わかったよ。気になるなら俺が出かけよう」

服部課長が驚いた顔になった。

「部長がですか……。いや、それには及びません。巷の事件の調べに奉行が直々に出張るようなものです」

「いいじゃねえか。講談の遠山景元みてえだ」

服部課長が絶句した。

課長も当然、鳥居部長が耀蔵の縁者ではないかという噂を知っているのだ。そして、鳥居部長は、服部課長のこうした反応を予想してあんなことを言ったのだ。

鳥居部長は、そういう人だ。

部長が現場に出向くと聞いて、葦名警部も面食らっている。「葦名に任せときゃ間違えねえ」と鳥居部長が言ったとおり、彼は肝が据わっている。多少のことでは動じない。

葦名卓郎警部は、仙台の出身だ。額兵隊の総督だった葦名盛景の縁者だそうだ。額兵隊は、幕末の仙台藩に組織された洋式部隊だ。最新のスナイドル銃を装備し、イギリス式の訓練を受けた。

その葦名盛景は、警察機構の黎明期に三等少警部としてつとめている。

今の警視庁に、少警部という階級はない。初期の警視庁やその後の東京警視本署時代にあった階級のようだ。

巡査の岡崎は、そのへんのことはよく知らない。とにかく、警視庁は一度解体されて内務省直轄の東京警視本署となったが、明治十四年に再び警視庁となり今に至っている。

その再編時に、かつていろいろあった階級が、今のように、警視、警部、巡査に落ち着いたのだ。

葦名警部も立派な髭を蓄えており、年齢は四十代だ。その葦名がぽかんとしている。

鳥居部長は、それにかまわず外出の仕度をする。サーベルを腰に装着し、帽子を抱えた。

「さあ、出かけるべい」

警視庁がある鍛冶橋から不忍池までは、かなりの距離がある。日比谷から東京市街鉄道、通称街鉄に乗り上野広小路まで行くのが一番早いと思っていた。

だが、部長がいっしょとなると事情が違う。自動車に乗れるのだ。運転手以外三人乗れるので、葦名警部と岡崎もいっしょに乗れと言われた。

葦名警部はともかく、巡査の自分が乗ってもいいものかと岡崎は思った。鳥居部長は、そんなことはまったく頓着しない様子だったので、岡崎も、ままよ、と車に乗り込んだ。

鳥居部長が助手席に座った。岡崎は、後部座席の葦名警部の隣で小さくなっていた。

鳥居部長が前を見たまま言った。

「葦名警部さんよ、おめえの舎弟たちはどこにいる?」

「はっ。ここにいる岡崎以外の者は、市中の見回りに出ておりますが、不忍池の知らせを聞いて、必ずや駆けつけるはずです」

鳥居部長はうなずいたきり何も言わなかった。

鳥居部長が、葦名警部の「舎弟」と言ったのはもちろん、部下のことだ。

葦名配下には、岡崎を含めて四人の上位巡査がいる。みんな二十代で同じくらいの年齢だ。

まずは、久坂伴次郎。天神真楊流柔術を学んだ猛者だ。体がでかく、体力では誰にも負けない。

二人目は、岩井六輔。久坂が柔術なら、こちらは剣術だ。会津出身の岩井は、久坂と対照的で小兵だが、溝口派一刀流の免許皆伝だ。

もう一人は、荒木市太郎という。岡崎たちとは違い、彼は普段制服を着ていない。私服の和服姿だ。夏以外は角袖の外套を羽織っている。刑事巡査で、いわゆる「でか」というやつだ。

荒木は、生まれも育ちも深川で、根っからの江戸っ子だ。鳶職の連中や侠客に知り合いが多く、それが「でか」を命じられた理由のようだ。

彼らに比べれば、俺は何の取り得もないなあと、岡崎は思う。

剣術も柔術も得意ではない。警視庁に入ってから訓練を受けたに過ぎない。だから、腕にはからきし覚えがない。

地方出身なので、荒木のように町中で顔が利くわけでもない。

そんなことを思っていると、自動車が停(と)まった。


現場はすぐにわかった。

人だかりがしている。大声で野次馬を遠ざけようとしているのは、本郷(ほんごう)警察署の巡査だろう。

その巡査が、警視の制服を見て驚いた表情になり、気をつけをして敬礼した。警察署で警視と言えば署長だけだ。

鳥居部長のあとについて行き、岡崎はいい気分になった。虎(とら)の威を借る狐(きつね)というやつだ。

部長が、くだけた調子でその巡査に尋ねた。

「ホトケさんはどこでえ?」

「は、あちらであります」

巡査はしゃちほこ張ったまま、木々の向こうを指さした。

鳥居部長は、うなずいてそちらに向かった。よく晴れた日で、ずいぶんと暑かった。陽光がきらきらと反射している。水面(みなも)を撫(な)でてくる風が心地よかった。

死体が上がった現場に来ているというのに、我ながら呑気なことを考えているなと、岡崎は思った。

慣れというのは恐ろしいものだ。巡査になりたての頃は、町中の喧嘩にすら怯えていたものだ。少年時代、ほとんど喧嘩をした記憶がない。もともと荒事が苦手なのだ。初めて刺殺された遺体を見たときは、卒倒しそうになった。

それから、何体死体を見たことだろう。警察官というのは、怪我人や死体を相手にする仕事なのだと、つくづく思う。

それだけなら医者と変わりないが、警察官にはその先がある。怪我人や死体が出た原因を究明し、犯人を検挙しなければならないのだ。

現場に近づくにつれ、さすがにのどかな雰囲気は消し飛んだ。草むらをぶんぶんと蠅が飛び交い、悪臭がしている。

岡崎と葦名は思わず顔をしかめていたが、鳥居部長は平気な顔をしていた。おそらく、これまで見てきたものが、自分たちとは違うのだろうと、岡崎は思った。

遺体にはむしろがかぶせてあった。

葦名警部がつぶやくように言った。

「どざえもんと焼死体は勘弁してほしいな……」

遺体の検分は葦名警部の役目だと思っていた。いつもならそうだ。だが、むしろに手をかけたのは鳥居部長だった。

むしろをめくると、蠅がわっと飛び立った。

鳥居部長は一目見ると言った。

「洋装か……。大学の先生かね……」

葦名警部が隣でうなずく。

「服装、髪型、髭からすると、学者先生のようですね」

背後の野次馬の中から大声が聞こえた。

「学者先生ですか？　するってえと帝大の先生ですかね？」

岡崎、葦名、鳥居の三人は、ほぼ同時に振り向いた。

開襟シャツに麻のズボン、それに鳥打ち帽という恰好（かっこう）の男が身を乗り出すように岡崎たちのほうを見ていた。新聞記者だ。

葦名警部が言った。

「確認は取っていない。余計なことは書くな」

「聞こえましたよ。服装や髪型から、学者と判断なさったんですよね。場所から考えると、帝大の先生なんじゃないですかね」

「そんなことは、まだわからん」

「警察幹部の見立て、ということで書かせてもらいますよ」

「不確かなことを記事にすると、後々恥をかくことになるぞ」

「じゃあ、ちゃんとしたことを教えてくださいよ」

「調べはこれからだ」

葦名警部は、くるりと記者に背を向けた。

そのとき、野次馬をかき分けるように、久坂がやってきた。

「あ、部長……」

久坂は現場で気をつけをした。まさか、部長が来ているとは思わなかったのだろう。

鳥居部長は、遺体に眼をやったまま、久坂に向かってひらひらと手を振った。

「気をつけをしていて仕事になるのかい？　俺のことは気にしなくていいよ」

気にするなというのが無理な話だと、岡崎は思い、久坂を見た。

久坂も岡崎のほうを見ている。図体の割りには、気の小さいところがある。彼は、近づいてきて岡崎に言った。

「本郷警察にいて知らせを聞いた。記者との話が聞こえたぞ。学者だって？」

「まだわからん。だが、土地柄からも考えられることだ」

「帝大か……」

「岩井と荒木は？」

「岩井といっしょだったが、荒木とは別だった。岩井は荒木を探しに行った。じきにやってくるだろう」

久坂が言ったとおり、二人はそれからほどなく到着した。

「ちょっとごめんよ」

荒木が、まるで町奴(まちやっこ)のような仕草で野次馬をかき分ける。

二人は、久坂と同じように、鳥居部長を見て驚いた様子だった。やはり彼らも気をつけをする。

鳥居部長は面倒臭そうに言った。

「いいから、さっさと仕事しようぜ。岩井巡査、おめえ、剣術がたいした腕だっていうじゃねえか。この傷を見てどう思う?」

いつの間にか部長は、遺体のシャツをはだけていた。池の水で血が洗われて、傷口がはっきりと見えている。

「失礼します」

岩井は片膝(かたひざ)をついて傷口を観察した。やがて、彼は言った。

「鋭利な刃物で刺された傷ですね。傷は深く、おそらく心臓まで達しているのではないでしょうか」

「俺の見立てと同じだ。さすがだな。それで、どうやったらこういう傷ができる?」

「いろいろなことが考えられます。俠客が持つような九寸五分の匕首(あいくち)で突いてもこうなりますし……」

「剣で突かれてもこうなる」

「それも言えます」

二人は小声でやり取りをしているが、先ほどの記者がまた聞き耳を立てていないかと気になり、岡崎は野次馬のほうを見た。

すでに記者の姿はなかった。

「じゃあ、拙も仕事をさせていただきましょうかね」

まるで幇間（ほうかん）のような口調で、「でか」の荒木が歩み出る。

岩井が場所を空けると、そこに荒木がかがみ込んだ。しばらく遺体を検分すると言った。

「他に傷はありませんね。もし岩井が言ったように、俠客にやられたのなら、不意打ちでしょう。剣でやられたのなら、相手は相当の腕前でやすね。たったの一突きですから」

鳥居部長は満足げにうなずいて、葦名警部に言った。

「頼りになる舎弟たちじゃねえか。よく仕込んだもんだ」

「いや、まだまだです」

「何か気になることでもあるのかい」

「傷を医者に詳しく調べてもらいたいのです」

「解剖かい。そりゃあ手間がかかるな」

「必要だと思います」

「わかった。手配しよう。では、ホトケさんは医者のもとに運ばせよう」

部長は、池の向こう側にある帝大の方角に眼をやった。

2

巡査たちが遺体を運ぼうとしていると、野次馬の中から「ちょっと待った」という声が聞こえた。

岡崎は声のほうを見た。

本郷警察署の巡査が、洋装の青年を押し止めている。岡崎はその青年を見て言った。

「西小路じゃないか」

青年の名は西小路臨三郎。すらりとしていて色白だ。いかにも女にもてそうな見かけをしているが、本人はいつもそんなことはないと言っている。

「おお、岡崎巡査。ちょっと入れてくれ」

鳥居部長が、興味ありげに岡崎に尋ねた。

「あの、なよっとしたのは何者でえ？」

「西小路臨三郎。本人は私立探偵だと言っているのですが……」

「西小路ってえと、もしかして西小路伯爵の……」

「孫だそうです」

「へえ……。西小路伯爵の孫が私立探偵」

「帝大文科大学を出て、物書きもやっているらしいんですが」

「そいつはおもしれえ。入れてやんな」

「よろしいのですか？」

「探偵なんだろう？　見立てを聞いてみてえじゃねえか」

岡崎は、本郷警察署の巡査に声をかけた。

「その人は入れてもいい」

巡査を押しのけるようにして、西小路臨三郎が歩み出てきた。

「噂を聞いて飛んで来た。帝大の教師が殺されたんだって？」

岡崎はびっくりした。

「帝大の教師かどうかは、まだわからない」

「そうなのか？」

「噂になってるだって？」

「ああ、僕は本郷通りで誰かが話しているのを聞いて、大急ぎでやってきた」

あの新聞記者と葦名警部の会話を聞いていた野次馬のせいだろう。噂が広まるのは早い。

部長が言った。

「おいら、鳥居ってもんだ」

西小路がそれにこたえる。

「存じております。第一部の部長さんでしょう」

「探偵だって？　じゃあ、ホトケさんを拝んで、見立てを聞かせてくれ」

西小路は、渋面で蠅を追いやってから、遺体を覗き込んだ。そして、即座に言った。

「間違いない。帝大文科大学の講師ですね」

「ほう」

鳥居部長は、片方の眉を吊り上げて言った。「探偵てえのはてえしたもんだな。一目見てホトケさんの素性がわかるのか」

「ええ、そうです。文科大学でドイツ文学を教えていた講師ですね。素性だけじゃない。名前もわかりますよ。高島良造です」

「なんでえ、おめえさん、この人を知ってるんだね？」

「はい。お会いしたことがあります。うちの先生の同僚ですから」

「うちの先生？　つまり東京帝国大学文科大学の先生ということかね」

「ええ。そうです。英文学を教えています。同時に文士でもあります」

「文士……」

「ホトトギスに小説を発表しています」

岡崎が補足するように言った。

「西小路君は、その方のことを『黒猫先生』と呼んでいます」

「ホトトギス……。黒猫先生……。ああ、なるほど」

鳥居部長は納得したようにうなずいた。

葦名警部が尋ねた。

「ご存じですか?」

「ああ。その小説なら読んだことがある」

それから鳥居部長は、西小路に尋ねた。「君は、その黒猫先生に習ったのかね?」

「はい。文科大学で習い、その後も先生のもとに出入りさせていただき、文士としての勉強もさせていただいております」

「探偵と文士と、どっちが本業でえ?」

「どちらも、ですよ」

鳥居部長は確認するように言った。

「このホトケさんは、帝大文科大学でドイツ文学を教えていた高島良造。それに間違えねえな?」

西小路はうなずいた。

「間違いありません。高島先生には申し訳ないのですが、実はほっとしました」

「ほっとした?」

「はい。帝大の教師の遺体が、不忍池に浮かんだと聞いて、まさかと思い飛んで来ましたので……」

「黒猫先生だと思ったのかい」

「そうなんです。先生は神経衰弱をわずらっておいでなので……」

「ほう……。神経衰弱」

葦名警部が鳥居部長に尋ねた。

「遺体は、運んでよろしいですか？」

鳥居部長が言った。

「いいよ」

本郷警察署が用意した大八車に、巡査たちで遺体を乗せる。

その運搬は、本郷警察署の巡査たちに任せることにした。岡崎たちは、聞き込みをしたり、証拠品を見つけるために現場付近を探索したりと、さっそく捜査を開始した。

鳥居部長は、西小路への質問を続けた。

「高島先生は、どんなお人だっただろうね？」

「固い先生でしたよ。なにせドイツ文学ですからね」

「ドイツは固いのかい？」

「フランスなんかに比べると、ずいぶん固い。デカルトとカントを比べてみればわかります」

「あいにく、おいらには、そういうことはさっぱりなんだ」

「おや、警察幹部の方々は、インテリゲンチャばかりだと聞いておりますが……」

「そいつは誰(だれ)かが言った皮肉だろうぜ」

「とにかく、高島先生は学究一筋で、まあよく言えば質実剛健。悪く言えば石頭でしたね」

「誰かの怨(うら)みを買ったというようなことは？」

「さあ、僕はそれほど近しくはなかったので……」

「同僚だったということは、黒猫先生は、高島先生をよくご存じだったということだね？」

「どうでしょう。黒猫先生はあまり学校の人たちとは交流なさらないようですから……」

「なるほど……」

鳥居部長が考え込んだ。「ちょっと、黒猫先生にお話うかがいてえんだが、おめえさん、付き合ってくれねえか？」

「警視じきじきにですか？」

「ホトトギスの小説はなかなかおもしろかった。どうも、自然主義ってえのが性に合わねえんだ。そこいくと、先生の小説は、なんてえか、こう余裕があっていいね」

「おや、なかなかの批評眼をお持ちだ。やっぱりインテリゲンチャじゃないですか」

「どうでえ？　直接お話をうかがうことはできるかい？」

「僕がいればだいじょうぶだと思いますよ。その代わり……」

「何でえ？」

「捜査に関わらせてください」

それを聞いて、鳥居部長は葦名警部に尋ねた。

「おまえさん、どう思う？」

葦名警部は、わずかに顔をしかめると言った。

「捜査に素人を関わらせるのは、どうかと思いますが……」

「おや、警部。僕は素人じゃありませんよ。これでも探偵ですからね」

鳥居部長が言う。

「文科大学の出身だってことだから、黒猫先生以外にも、ホトケさんの周りの人たちに、いろいろと伝手（って）があるんじゃねえか。それに、伯爵のお孫さんだってことだし……」

葦名警部がしぶしぶという体で言った。

「部長がそうおっしゃるのでしたら……」

西小路が笑顔で言った。

「じゃあ、決まりですね。これで僕も正式に捜査に参加できるということですね」

葦名警部が釘（くぎ）を刺すように言う。

「我々と共に捜査をするということは、同様の責任を負ってもらうということだ。捜査上の秘密は厳守していただく。特に、新聞記者なんかに調べの中身が洩（も）れることのないように」

「心得ております」

「じゃあ、善は急げだ。これから黒猫先生のお宅にうかがおうじゃねえか。どこにお住まいだっけ？」

「千駄木（せんだぎ）です。本郷区駒込（こまごめ）千駄木町五十七番地……」

「車で行こう」

「クルマ？　人力車ですか？」

「自動車だよ」

「おお、さすが警視庁の第一部長さんだ」

二人は連れだって現場を離れた。

遺体があったあたりの草をかき分けて、証拠の品を探していた、「でか」の荒木が言った。

「ふん。伯爵の孫だか何だか知らねえが、捜査の邪魔だけはしてほしくないもんだね」

偉丈夫の久坂が、冷やかすように言う。

「あの人は、ハンサムで女にもてるから、それが気に入らないんじゃないのか？」

「捜査に私立探偵なんて必要ねえって言ってるんだよ」

たしかに、角袖と私立探偵は、似たようなものだと、岡崎は思った。

証拠を集め、聞き込みをして推理をする。片や官、片や私だが、やることはいっしょだ。荒木は、自分の仕事を奪われたような気がして面白くないのかもしれない。

西小路が鳥居部長のお供をしたことも悔しいに違いない。

夏の日差しに、巡査の制服は暑くてたまらない。腰のサーベルも、池の畔の足場の悪い草むらを捜索するには、正直言って邪魔だった。

岡崎は汗びっしょりになっていた。同じ制服姿の久坂と岩井も額から汗をしたたらせている。

葦名警部が言った。

「どうやら、殺害現場はこのあたりではなさそうだ」

見つかるのは、紙くずやら鼻緒が切れた古い下駄のようなものばかりで、証拠らしいものは何も見つからない。

岡崎も、葦名警部と同じことを考えていたのだ。

四人の巡査は、捜索の手を止めて、葦名警部のもとに集まってきた。荒木が一人残っていた本郷警察署の巡査に尋ねた。

「遺体を引きあげたのは誰なんだ？」

「我々本郷署の者です」

「浮かんでいたのは、このあたりなんだな？」

巡査は池の一点を指さして言った。

「あのあたりで、うつぶせの状態で浮かんでいました」

それは岸に近い場所だった。

とはいえ、道と水面は、湿地と草むらでずいぶんと隔てられており、刺されて倒れた拍子に池に落ちたとは考えにくい。

だとしたら、殺人者が遺体を池に捨てたのだ。

そう思い、血痕を探したが見つからない。道から池まで遺体を引きずったとすれば、草や湿地にその痕跡が残っているはずだ。

だが、それもない。

遺体は、今岡崎たちがいる畔に近い水面に、忽然と現れたように見える。だが、そんなことがあるはずもない。

では、遺体はどこから現れたのか……。

荒木がさらに尋ねる。

「ホトケさんを見つけたのは誰だい？」

「富山の薬売りです」

「薬売り……」

「はい。年に何度か、このあたりに来るとかで……」

荒木は周囲を見回した。

「このあたりには、民家は見あたらねえ。こんなところで、薬売りは何をしていたんだろうな？」

「湯島天神（ゆしまてんじん）にお参りをして、根津（ねづ）に向かう途中だったそうです。池の畔で荷を下ろして一休みしようとして、水面の黒っぽいものに気づいたそうです」

「黒っぽいもの……」

「はい。遺体は黒っぽい洋装でしたので……」

「なるほど、うつぶせで浮いていたと言ったな」

「ええ……」

「その薬売りはどうした？」

「署で話を聞いているはずです」

荒木が葦名警部に言った。

「私たちも話を聞く必要がありますね」

葦名警部がうなずいて言った。

「君と岡崎が行ってくれ。他の者は、市中で聞き込みだ。本郷署の者も協力するように」

その言葉を合図に、それぞれの持ち場に散った。岡崎と荒木は、徒歩で本郷警察署に向かった。

「薬売りって、怪しげなやつだと、小せえ頃から思ってたよ」

荒木が言った。岡崎はそれにこたえる。

「へえ、東京の下町にも薬売りはやってくるのか？」

「富山の薬売りは、日本全国どこにでも現れる。だから怪しげなんだ。米沢にも現れたのだろう？」

「子供の頃は、やってくるのが楽しみだったな。大きな四角い箱を風呂敷に包んで背負って、鳥打ち帽子をかぶって家を訪ねてくる。子供だから旅なんぞしたことがなかっただろう？　だから、薬売りの話が楽しみだったのさ。いろいろな土地の話をしてくれた。薬売りがくれる紙風船も楽しみだったな」

「置き薬が切れると、計ったように現れる。それが子供心にも不気味だった」

「俺はそんなことを思ったことはなかったな。田舎では薬を運んで来てくれる薬売りは、とてもありがたかったんだ」

「ふん。元締めのところから薬を預かり、日本全国を歩き回って、その売り上げを届けに戻る。そのとき、届けるのは売り上げだけじゃないはずだ」

「何だ？」

「見聞だ。全国各地のありとあらゆる仔細が元締めのところに集まる。どうだ、怪しかろう」

「そうかな……」

岡崎は、どうもぴんと来ない。

このあたりも、荒木に敵(かな)わないところだと思う。

警察官だの、探偵だのは、他人を怪しいと思ってナンボなのだ。だが、岡崎は人を疑うのがあまり好きではない。

荒木は、やはり「でか」に向いているのだ。今でも充分に優秀だが、将来はさらに立派な警察官になっていくだろう。

そのとき、自分は何をしているのだろう。そう思うと、岡崎はふと不安を覚えるのだった。


本郷警察署は、帝国大学の近くにある。木造ペンキ塗りの洋館だ。中は薄暗い。明るい夏の日差しの下を歩いてきて、署内に入ると、眼が慣れるまでしばらくかかる。

署長は警視。そして署内には、六人の警部がいる。そのうちの一人は、出納官吏(すいとうかんり)を兼ねている金庫番だ。

殺人や強盗などの捜査を担当している警部は、黒井(くろい)という名だった。

荒木が「薬売りはどこですか」と問うと、黒井警部は言った。

「さあ、どこかな……」

荒木が戸惑った様子でさらに尋ねた。

「それは、どういうことでしょう」

「薬売りなのだから、どこかで商売をしているのだろう」

「放免にしたということですか？」

「放免もなにも……。だいたい、下手人ではないのだから、身柄を拘束するいわれはない」

「犯人でないかどうかは、まだわかりませんよ」

「遺体を見つけたというだけのことだろう。詳しい話は聞いたし、今それを文書にしている。何も問題はなかろう」

荒木は、薬売りと聞いただけで怪しいと思っているようだ。だから、すでに帰したと聞いて腹を立てている様子だ。

だが、相手が警部とあって、強くは抗議できないのだ。

「その文書はいただけますか？」

「君に渡すわけにはいかない。所定の手続きを踏んで、本署の第一部宛に送付する」

黒井警部は、いかにも役人然としている。決められた手続きが何より大切と考えるタイプのようだ。

長州あたりの出身なのではないかと、岡崎は密かに思った。

荒木は気を取り直したように尋ねた。

「それでは、薬売りの話で、何か気になったことはありませんでしたか？」

「ない。重い荷物を下ろして、草むらで一休みしようと思ったら、池に浮いている黒っぽいものが見えた。それが死体だった。それだけのことだ」

岡崎は、その説明を聞いて納得していた。遺体を見つけたのが薬売りだからといって、別に怪しいことはない。

荒木が子供の頃に抱いた、薬売りに対する怪訝な気持ちが、今になって影響しているだけなのではないかと思った。

「御署の巡査の話では、薬売りは湯島天神にお参りをしたということですが……」

黒井警部は、まったく関心がないという様子で言った。

「そうなのかね」

「重い荷物を担いで、わざわざ天神様のお参りってのも、妙なもんだと思いませんか?」

「別に思わんね。信心は人それぞれだろう」

岡崎は、そっと荒木の袖を引っ張った。これ以上黒井警部に絡んでも仕方がないと思ったのだ。

荒木は、それを察した様子で言った。

「そうですか。わかりました。いろいろとありがとうございました。これでおいとまいたします」

くるりと警部に背を向けると、さっさと出入り口に向かった。岡崎はその荒木の後を慌てて追った。

署に入ったときとは逆で、表に出ると日の光のまぶしさで、しばらく目を細めていなければならなかった。

岡崎が追いつくと、荒木が正面を見たまま言った。

「まずは、その薬売りを見つけよう」

荒木は、本郷通りに出て本郷追分（ほんごうおいわけ）のほうに向かって足早に歩いた。岡崎は、黙ってそれについていくことにした。

3

夏の日差しがますます強くなってきた。

岡崎と荒木は、本郷通りで薬売りを見かけなかったかと、尋ね歩いていた。

大きな四角い風呂敷包みを担ぎ、鳥打ち帽姿の薬売りは、ずいぶんと目立つはずだった。だから、聞けばその足取りはすぐにわかるものと、岡崎は踏んでいた。

だが、不思議なことに、誰に尋ねても、その姿を見かけなかったと言う。

荒木が汗をぬぐって言った。

「ますます暑くなりやがるな。打ち水なんぞ、屁の役にも立ちゃしねえ」

たしかに荒木の言うとおりだった。

菊坂は人の往来が多いところだが、この暑さで人通りも少ない。商店などは気をつかって打ち水をしているが、ほんの一部分のことであり、まさに焼け石に水といったありさまだ。

岡崎は、荒木の愚痴を聞きながら、首を捻っていた。

「薬売りは、いったいどこに消えたのだろう。本郷署から町へ出たのなら、このあたりを通りそうなもんだがなあ……」

荒木は、どこか忌々しそうに言う。

「ふん、薬売りなんざぁ怪しげなやつばかりだ。あれはな、その昔はみんな間者や忍びの類よ」

岡崎は苦笑した。

「そんなことはないだろう」

「いや、忍びじゃなければ、重い荷物を担いで、山から山へ渡り歩くことなどできねえだろうぜ」

たしかに、薬売りは山を越えてやってくる。そういう印象がある。

山の向こうからやってくる不思議な存在だ。里の人間ではない。

「そういえば……」

岡崎は言った。「小さな頃、親の言うことを聞かないと、よく山からカマスのじいさんがやってきて、さらわれるぞ、と脅かされたものだ」

「カマス……？　何のことだ？」

「竹で編んだ大きなかごで、背負って使う。東京に出て来てから聞いたことがないので、たぶん東北のお国言葉なのだろうな」

「そのカマスのじいさんがどうした？」

「小さい頃は、富山の薬売りがカマスのじいさんだと思っていたことがある。大きな荷物を背負って山からやってくるのでな……」

「それはあながち、間違ってはいないかもしれねえぞ。あの連中は何を考えて、陰で何をやっているのかわかりゃしねえ。かどわかしくらいはやってのけるだろうぜ」

「薬売りがかどわかしを……。子供をさらってどうするんだ？」

「間者に仕立てるのだ。そうやって仲間を増やしているんだ」

ついに岡崎は笑い出した。

「おまえは、薬売りを悪の一味だと思っているのか」

「やつらには、そういう怪しげな雰囲気がある。俺はずうっとそう思っていた」

「いやはや、たいした想像力だよ」

「あれこれ考えるのが、角袖の仕事だよ」

「じゃあ、その想像力で、件の薬売りがどこに消えたのか考えてくれよ」

「やつらは、忍びのような術を使うんじゃねえのかい」

「おまえ、暑さに脳をやられたんじゃないのか？　健脳丸でも飲んだらどうだ」

健脳丸は、製薬会社丹平商会が、明治二十九年に発売した薬で、名前のとおり頭の薬だ。広告には、頭重、記憶の悪い人、神経衰弱にいいとうたっていた。

「そうよなあ」

荒木は顔をしかめた。「この暑さじゃ、脳もやられる」

岡崎は言った。

「そう言えば、昼飯を食いはぐれていた。十一時頃に電話があって、それから不忍池に駆けつけたからな。どこかで飯を食おうか」

「日陰に入れるだけでありがてえな」

二人は、適当に定食屋に入った。帝国大学の学生や職員が利用する店らしい。それほど広くない店に、テーブルと椅子がぎっしりと並んでいる。

店内はすいていたが、岡崎と荒木が入っていくと、客たちが視線を飛ばしてきた。

制服姿の岡崎と、みるからに「でか」という恰好の荒木だ。注目を集めても仕方がない。

空いている席に座ると、店の者がやってきて尋ねた。

「どういうご用件で……」

五十過ぎの女だ。たぶん、店主のつれあいだろうと岡崎は思いながら言った。

「どういう用件って、飯を食いに来たんだ」

「はあ、お食事で……」

「巡査だって飯を食うさ。何かおすすめのものはあるか?」

「肉鍋(にくなべ)などが人気ですが……」

「この暑いのに肉鍋など食う気にはなれないな。なにか、さっぱりしたものはないのか?」

「いいアサリの佃煮(つくだに)があります。茶漬けなどにされると、さっぱりと召し上がれます」

「おう、それがいい」

荒木が言った。

「俺もそれをもらおう」

アサリの佃煮とタクワンで茶漬けをかき込むとまた汗が出たが、そのあとはかえってさっぱりとした。

ぬるい茶を飲みながら、岡崎は言った。

「薬売りを見つけないことには、帰っても葦名警部に叱(しか)られるだけだな」

「あの人に叱られるときつい。冷ややかな眼で、こんこんと説教をされるのだからな……。怒鳴られるよりよっぽどこたえる」

巡査になろうなどという若者は、多少は腕に覚えがあるものだ。剣術や柔術などの心得がある者も少なくない。

そういう者たちは、厳しい叱責(しっせき)には慣れている。道場の先生や先輩は、猛者ぞろいのはずだ。だから、上司や先輩に怒鳴られても、陰で舌を出していたりする。

葦名の説教はちょっと違う。あくまでも冷静に、そして理詰めで相手の落ち度を責めてくる。荒木は、それが苦手なのだ。荒木だけではない、柔術をやる久坂や剣術使いの岩井も、葦名の説教はこたえるようだ。

だが、不思議なことに、岡崎は平気だった。むしろ、理詰めのところが気に入っていた。自分も将来、人を叱る立場になったら、葦名を見習おうとさえ思っていた。

たぶん、自分が他の三人とは違って、それほど武術の経験がないからかもしれないと、岡崎は思っていた。

漠然と、軍隊に入ろうと思って上京したのだが、その訓練がどれだけきついのか、などちゃんと考えていたわけではない。

今思うと、軍隊なんかに行かなくてよかったと思った。警察官の訓練もかなり厳しかったが、軍隊となるとその比ではあるまい。

「葦名警部に叱られないためには、何かちゃんと報告ができることを持ち帰らないとな……」

岡崎が言うと、荒木がうなずいた。

「薬売りが怪しいという証拠を見つけようぜ」

岡崎は、思わず周囲を見回した。

「おい、どこで誰が聞いているかわからないんだぞ」

「心配ねえさ。ちゃんと気ぃ配ってるよ」

「たしかに、最初に遺体を見つけたやつが怪しいとは言うが……」

「そして、犯人は必ず、現場に戻るとも言われている」

「では、池に戻ってみるか……」

岡崎がそう言ったとき、荒木が目配せした。男が一人近づいてきた。先ほどまで、一人で食事をしていた若い男で、汗染みた単衣(ひとえ)に袴(はかま)姿だ。おそらく学生だろう。

彼は、意を決したように口を真一文字に結んでいる。警察に何か用があるのかもしれない。

「あの……、ちょっとうかがいたいことが……」

荒木が聞き返す。

「何だ?」

「不忍池に死体が浮かんだという噂を聞いたのですが……」

噂が広まるのは早い。新聞の報道を待たずとも、近隣にはその噂があっという間に伝わっていく。

荒木は岡崎の顔を一瞥してから視線を若者に戻してこたえた。

「ああ。それで探索しているところだが、おめえさんは？」

「帝大文科大学の学生です」

「名前は？」

「市ノ瀬士郎といいます」

「どんな字を書くんだ？」

「市場の市に片かなのノ、瀬戸内の瀬。士郎の士はサムライです」

岡崎は、それを聞きながら記憶にとどめた。腕っぷしに自信がない彼の取り得は記憶力くらいのものだ。

荒木がさらに尋ねる。

「それで、俺たちに何の用だ？」

「亡くなったのは、帝大の教師だというのは本当ですか？」

「誰からそんな話を聞いた」

「誰って……、そういう噂です」

まったく町の噂はあなどれない。

あの記者が葦名警部に大声で話しかけさえしなければ、噂になどなっていなかったはずだ。

「そういうことは、まだわかっていねえよ」

これは、警察官の常套句だ。

すでに、西小路臨三郎によって、死体の身元は判明している。まだ裏を取っていないが、ほぼ間違いないだろう。

当然、荒木もそのことを知っている。だが、調べの上でわかったことは外には洩らさない。それが角袖の「でか」なのだ。

「学生の間では、高島先生ではないかと噂になっているのですが……」

岡崎は思わず荒木の顔を見そうになった。荒木は顔色一つ変えない。さすが角袖だと、岡崎は思った。

荒木が言った。

「ほう……。どうしてそういう噂になったのか、ちょっと聞きたいものだな。まあ、座ったらどうだい」

その言葉を聞いて、岡崎は荒木の隣に移動した。今まで岡崎が座っていた席、つまり、荒木の向かい側に、市ノ瀬が座った。

荒木が尋ねた。

「その高島先生というのは？」

「高島良造先生です。文科大学で、ドイツ文学を教えておいででした」

もちろん荒木は、知りながら尋ねているのだ。確認を取るつもりなのだろう。

岡崎は、市ノ瀬が、「ドイツ文学を教えておいででした」と過去形で言ったことに気づいていた。

荒木の質問が続いた。

「どうしてその先生が、不忍池に浮かんだ死体だという噂になっているんだろうね」

「今日、突然授業が休講になって……。そんなことは、これまでなかったんです。それで、みんなは不審に思って……」

「なんでえ、それだけのことかい。その高島って先生は、夏風邪でもひきなすったんじゃねえのかい？」

「いや、ご自宅を出られたのは確かなようなのです」

「自宅ってぇのは？」

「先生のご自宅は根津でした」

「根津ねえ……」

岡崎は、先ほどから荒木が飯屋で市ノ瀬から話を聞いていることが気になっていた。こういうことは、警察署か派出所でやるべきだ。

荒木は、岡崎が気にしていることなど、いっこうに気づかない様子だ。

岡崎は言った。

「おい、これ以上は、ここではまずかろう」

荒木が岡崎を見た。

「じゃあ、どうする」

「本郷署に戻るか……」

荒木が市ノ瀬に言った。

「詳しく話を聞きてえんだが、同僚がここじゃまずいって言うんだ。ちょっと、警察署まで付き合ってくんねえかい」

市ノ瀬は、少しばかり緊張した表情になった。だが、これは通常の反応だろうと、岡崎は思った。

誰だって警察署に来いと言われたら緊張する。

市ノ瀬が言った。

「……では、やっぱり死体は高島先生だったのですか?」

荒木がこたえた。

「残念ながら、そのようだ。だから、話が聞きてえんだ」

市ノ瀬は蒼白（そうはく）な顔でうなずいた。

「わかりました。ごいっしょします」

荒木が勘定を払った。岡崎は自分の分を払おうとしたが、荒木は片手を上げて、いらないという仕草をした。

江戸っ子の粋（いき）なところを見せたいのだろう。生まれも育ちも深川と言ってはいるが、荒木が本当に江戸っ子かどうか、岡崎は知らない。

彼の江戸詞（えどことば）は、どこかわざとらしい気もするが、岡崎は敢（あ）えて生まれのことなど訊（き）かないことにしていた。

本当はどういう人物か、よりも、他人にどういう人物と思われたいかのほうが、大切なのではないかと思っていたのだ。

人間は、なりたいものになれると、故郷の学校の先生に言われたことがある。

岡崎は、その言葉に大きな希望を感じた。そして、そのためには、自分で自分を作り上げていかなければならないと考えたのだ。

背伸びをしてでも変えていく必要があるのだ。そのときに大切なのは、殻の中の自分を大切にすることではなく、外からどう見られているかを検証することだと考えていた。

荒木が、他人から江戸っ子として認められたいと思い、それなりの努力をしているのだとしたら、それを認めてやればいい。

表はますます暑くなっている。紺色の制服は日の光を吸収しておそろしく暑く感じる。

本郷署まで引き返す間に、岡崎は汗だくになっていた。

先ほど同様に、建物に入ると眼が慣れずにずいぶんと暗く感じた。

先ほどの黒井警部のところに行くと、露骨に迷惑そうな顔をされた。

「なんだい、また来たのかい」

荒木が言う。

「この学生さんが、被害者について何かご存じのようなので、話を聞きたいと思いましてね……」

「学生……？」

黒井警部は、じろりと市ノ瀬を見た。「どこの学生だ？」

「帝大文科大学だそうです」

「それでは、私が話を聞こう。おまえたちはもういい」

この言葉に、岡崎は驚いた。ただ、場所を借りようと思ってやってきただけだ。それなのに、黒井警部は、岡崎と荒木を追い払おうとしているのだ。

荒木が言った。

「何か、勘違いされていませんか？」

黒井警部が怪訝な顔をする。

「勘違いだと……？」

「そうです。私たちは、外では他人に話を聞かれるかもしれないと思い、ここにやってきただけです。部屋の隅でも貸していただければそれでいいのです」

「尋問はおまえたちがやるということか？」

「尋問じゃありません。話を聞くだけです」

「本郷署を勝手に使わせるわけにはいかない」

これでは埒が明かないと岡崎は思い、言った。

「何か不都合があるのなら、鳥居警視におっしゃっていただけますか」

眼が慣れてきて、黒井警部の顔色が変わったのがわかった。

「鳥居部長がどうしたと言うのだ？」

「この殺人事件は、鳥居部長が陣頭指揮を執られておいでです。私たちは、鳥居部長の命を受けて動いております。私たちに何かおっしゃりたいことがあるということは、すなわち、鳥居部長に申し上げるということなのです」

黒井警部が歯ぎしりした。よほど悔しいのだろう。

だが、鳥居警視の名前を出されてはどうしようもないだろう。案の定、彼は言った。

「好きな場所を使えばいい」

荒木が言った。

「そうさせてもらいます」

岡崎と荒木は、空いている机を見つけて、その椅子(いす)に市ノ瀬を座らせ、その向かい側に椅子を持ってきて、腰を下ろした。

荒木が質問を再開した。

「高島先生は、根津に住んでいたと言ったね?」

珍しげに周囲を眺めていた市ノ瀬が、荒木を見てこたえた。

「はい、そうです」

「おかしいな……。根津から帝大の表門に行くのなら、不忍池など通らないはずだ」

市ノ瀬がうなずく。

「僕もそう思います」

岡崎は言った。

「どこか他の場所で殺されて、池まで運ばれたのだろう」

荒木が思案顔で岡崎に言う。

「おそらくそうだろうが、運ばれたのなら、岸辺にその跡が残っていなきゃならねえ。思い出してみろよ。俺たちが岸を調べたとき、そんな様子はあったかい？」

「そういえば、草むらにも湿地にも、引きずったような跡はなかったな」

「遺体は、不忍池の湯島側に浮かんでいた。池だから海や川のように水の流れがあるわけじゃねえ。だから、流れて場所を変えたりはしねえわけだ。池に放り出されたのなら、その場所から動かねえってことだよ」

「つまり遺体は、湯島側の岸から池に投げ込まれたということだな……」

「そういうことになるわけだが……」

「あのう……」

市ノ瀬が言った。

いかんいかんと、岡崎は思った。話を聞くために市ノ瀬を連れて来たのに、つい荒木との話に気を取られてしまった。

岡崎は口をつぐんで、質問を荒木に任せることにした。

市ノ瀬が言葉を続けた。

「遺体は、湯島側にあったんですね？」

荒木がこたえる。

「ああ、そうだ。岸のすぐ近くに浮かんでいたらしい」

「先生の通勤路を考えると、湯島のほうに行くことなどないと思います」

「そういうこった」

荒木は何かをしきりに考えている様子だった。

4

荒木が考え込んだので、岡崎は市ノ瀬に尋ねた。

「高島先生が殺されたのではないかと噂になったのは、ただ急に講義が休みになったからなのかい？」

市ノ瀬は驚いたような顔で岡崎を見た。

「ええと、それは……」

「何か他に理由があるんじゃないのか？」

「いえ……。理由などありません」

「君はあの飯屋で、私たちのところに来たとき、覚悟を決めたような顔をしていた。それまで、私たちに話をしようかどうか、ずいぶん迷っていたのじゃないのか？」

市ノ瀬は、何も言わない。

岡崎はさらに言った。

「何か言いたいことがあって、私たちのところにやってきたんだろう？」

市ノ瀬は、岡崎から荒木に視線を移し、それからまた岡崎を見た。

そして言った。

「高島先生は、かなり急進的な方でしたから……」

「急進的……？」

「そうです。日本がヨーロッパ列強と肩を並べるためには、彼らの科学技術や進んだ制度を学ばねばならず、その障害となる日本の旧来の文化や技術、その元となった大陸の文化や技術は、ことごとく捨て去らなければならないと主張されていました」

荒木が言った。

「瓦解以来、そう主張する人は珍しくねえけどな。それが何か問題なのかい？」

「先生の場合は極端でしたから……。日本の旧来の文化や技術をまったく認めようとしませんでした。それで、いろいろなところで衝突していました」

「いろいろなところってぇと？」

「いろいろなところです。食事に行っては、給仕の仕方がなっていないと店の者を叱り、汽車に乗っては、ヨーロッパの鉄道に比べて規律がなっていないと車掌を叱り……」

荒木が顔をしかめてつぶやく。

「やなやつだね……」

「洋装の男女を捕まえては、本場の着こなしはもっと優雅だと難癖をつけました」

岡崎はあきれたように言った。

「昔ながらの日本の文化にも、いいところはたくさんあるだろうに……」

「そうさ」

荒木が言った。「なんてったって、俺たちゃ日本人なんだからな」

市ノ瀬は言った。

「先生はあせっておられたのだと思います」

「あせっていた……」

「ヨーロッパの植民地主義によって、アジアが支配されてしまうという危機感です」

「ははあ……」

荒木はあいづちを打ったが、実はあまり深刻に考えていない様子だ。実情をよく知らないのかもしれない。

たしかに、東アジアの情勢は日々激しく変化している。どこまで正確に報道されているのかはわからないが、おそらく日露戦争の戦況も一進一退なのではないかと岡崎は考えていた。

世の中は勝ち戦だと浮かれているが、岡崎は、こういう雰囲気をあまり信じていない。新聞の記事も何だか嘘（うそ）くさいような気がしていた。

それほど疑（うたぐ）り深いほうではないが、用心深いことは確かだ。

日本は清国（しんこく）に戦争で勝った。それで勢いがついている。そして、大国ロシアとほぼ互角に戦っている。

もはや日本は列強の一員だという声もある。国が強くなるのはいいことだ。瓦解以来、政府は富国強兵をうたっている。

黒船出現以来、日本は常に列強からの圧力を受け続けていた。そして、安政の五カ国条約で、屈辱を味わうことになる。

事の始めは、日米修好通商条約だ。これは、アメリカ側の領事裁判権を認め、関税自主権のないものだった。

つまり、裁判も貿易もアメリカの言いなりという不平等な条約だ。つづいて、イギリス、フランス、オランダ、ロシアとも同様の条約を結んだ。

これは、欧米諸国が日本を、他の植民地同様に見下した結果だと憤慨した人々が、富国強兵を強く主張しはじめたのだ。

明治になって、こういう動きが本格化した。国力を増すためには、ヨーロッパの進んだ制度や技術を早急に学ぶ必要がある。

脱亜入欧だ。こうして、日本は急速な勢いで近代化を押し進めていく。

これを、急進派や進歩派の人々は、文明開化と呼んだ。

瓦解以前だって、立派な文明があったはずだと、岡崎は思う。だが、旧来の日本文化は、急進派・進歩派たちにとって「文明」ではないのだ。

荒木が市ノ瀬に尋ねた。

「もう、日本は立派なもんだと思うけどね。俺は、これ以上西洋の真似(まね)をしたら、日本じゃなくなっちゃう気がするね」

「列強の仲間に入るということは、新しい国にならなければならないということです。高島先生は、ゆくゆくは日本の公用語をドイツ語にすべきだとおっしゃっていました」

「ドイツ語に……」

「はい。法律学や医学、電気技術、機械技術を学ぶのにはドイツ語が不可欠だと先生は言われるのです」

「そりゃまた、極端だな……」

「ドイツ語を公用語とするためにまず、漢字や仮名を廃して、アルファベットを使用すべきだともおっしゃっていました」

「ばか言っちゃいけねえよ。日本の文字を捨て去るってのかい。それじゃ日本語じゃなくなっちまうよ」

「もともと漢字だって大陸から学んだものです。列強に参加するためには、それくらいに思い切った改革が必要だと、高島先生は主張されていました」

荒木は、すっかりあきれてしまったようだ。だが、実は高島のような主張をする人々は、最近では珍しくないことを、岡崎は知っていた。

「それで……」

岡崎は市ノ瀬に尋ねた。「君たち学生は、高島先生のその説をどういうふうに考えていたんだ？」

「学生たちと言っても、皆同じ考えなわけではありません。先生に賛同する者もいれば、反発する者もいました」

多くの学生たちはおそらく、進歩的なのだろうと、岡崎は思った。彼らは、西洋の進んだ制度や技術を学ぶことを国から期待されているのだ。

これから、若い世代が日本を作っていかなければならないのだ。

「それだけ極端な意見をお持ちの先生だったら、反発する学生も少なくなかっただろうね」

「そうですね。先生を国賊呼ばわりする学生もいました」

「国賊ねえ……」

「過激な学生の中には、先生を討つべしなどと言う者もいました」

荒木が身を乗り出した。

「そいつは穏やかじゃねえな。そんなことを言っていたやつの名前を教えてくんねえか」

市ノ瀬は訴えるような眼で言った。

「それを訊かれるのが嫌で、お話ししようかどうか迷っていたんです」

岡崎は言った。

「君も、もしかしたら、その連中の仕業じゃないかと思ったんだろう。だから、私たちに話をしようと思ったわけだ」

「いや、まさか彼らの仕業だと考えたわけではありませんが……」

「では、どうして私たちと話をしようと思ったんだ?」

市ノ瀬は、下を向いて考え込んだ。

荒木が言った。

「怪しいやつらがいることは知っている。けど、そいつらの名前は教えたくない……。それじゃ通らねえんだよ、警察ってとこはな」

市ノ瀬は、それでも無言でしばらく下を向いていたが、やがて顔を上げて言った。

「その学生たちの中心人物は、蔵田利則といいます」

「どういう字を書くんだ？」

岡崎が紙切れを差し出すと、市ノ瀬は胸のポケットから万年筆を取り出して、蔵田の名前を書いた。

「蔵田は、水戸の出身です」

それを聞いて、岡崎は言った。

「なるほど、水戸といえば水戸学だからな……」

水戸学は、黄門様のもと、大日本史を編纂するために集まった学者たちが中心となって始められた学問だ。

儒教の思想をもとに、国学や史学、神道の要素が加味されているという。

幕末の志士たちに多大な影響を与えて、瓦解の大きな原動力になったとも言われている。だが、その明治維新が、水戸学で重視される古来の日本文化を捨て去るという主張を生んだことになるのだから、なんとも皮肉なものだ。

荒木がさらに、市ノ瀬に尋ねた。

「蔵田が中心と言ったな？　つまり、ほかにも仲間がいるということだな？」

市ノ瀬は苦しげに言った。

「これ以上は勘弁してください」

「どうしてだい。蔵田のことを話すために、俺たちに話しかけたんじゃねえのかい」

「とにかく、蔵田の名前を伝えたんです。それで許してください」

荒木が岡崎の顔を見た。「どうする」と無言で尋ねているのだ。

あとは蔵田に話を聞けばいい。そう思い、岡崎はうなずいた。

荒木が市ノ瀬に言った。

「その蔵田はどこに住んでるんだ?」

「菊坂の下宿です」

下宿屋の名前と詳しい場所を聞くと、荒木はさらに尋ねた。

「また話を聞きに行くかもしれねえ。どこに住んでいるのか教えてくんねえか」

「僕もその近くに住んでいます」

その住所も聞き、荒木は「帰っていい」と言った。市ノ瀬は複雑な表情で去っていった。おそらく、何かの理由で蔵田の名前を警察に教えたものの、それが正しかったのかどうか悩んでいるのだろう。

警察に教えた理由は、正義感だったかもしれないし、もしかしたら蔵田に対する対抗心や反発だった可能性もある。

いずれにしろ、手がかりが得られたことは事実だ。

荒木が岡崎に言った。

「どうする?　蔵田ってやつに、会いに行ってみるかい?」

「いや、いったん警視庁に戻って、葦名警部か鳥居部長の指示を仰ごう」

「そうだな」

二人は席を立った。

黒井の席の近くを通るとき、岡崎と荒木は会釈したが、黒井は気づかぬふりをしていた。

久坂と岩井の姿はまだない。

警視庁に戻ったのは、午後四時近くだった。すでに、葦名警部も鳥居部長も戻っていた。

鳥居部長のそばに、西小路臨三郎がいたので、岡崎は驚いた。

西小路は、岡崎に気づくと気楽な調子で片手を上げた。警視庁内で大きな顔をしているのが、ちょっと癪に障った。

西小路は、すっかり鳥居部長に取り入った様子だった。といっても、人に媚びる男ではない。育ちがいいせいか物怖じせず、また、貴賤の差なく誰にでも同じように接する。

それで、いつの間にか相手の懐に入ってしまうのだ。見かけのよさも影響しているだろう。

岡崎も、いつの間にか彼と顔見知りになっていた。今では、かなり親しげな挨拶をしてくるようになった。

最初は、やはり何かの事件現場で会ったのだと思う。はっきりとは覚えていない。岡崎が現場に駆けつけ、そこに西小路が居合わせたのだ。

自分は探偵だから、被害者の様子を見せてくれと、あまりに堂々と言うので、岡崎はあきれてしまったのを覚えている。

岡崎は、西小路は放(ほう)っておいて、まず直属の上司である葦名警部に報告した。

「我々が到着したときには、すでに遺体の発見者である薬売りは本郷署をあとにしておりました。その後、行方を探しましたが、見つかりませんでした」

「本郷署では、逗留先(とうりゅうさき)などを聞いていなかったのか?」

「それは確認しておりません」

荒木が言い訳するように言った。

「相手は薬売りですからね。宿など聞いたところで、意味はありませんよ。毎日違う土地にいるでしょうからね」

葦名警部は、荒木を一瞥したが何も言わなかった。だが、薬売りのことを追及しようとしなかったので、おそらく荒木が言うことに納得したのだろうと、岡崎は思った。

「被害者をよく知る者に話を聞けました」

岡崎は報告を続けた。

葦名警部は、表情を変えずに尋ねる。

「何者だ?」

「帝大文科大学の学生です。名前は、市ノ瀬士郎。被害者の大学での様子を聞くことができました」

「それから先は、部長に報告するのがよかろう」

葦名警部は、岡崎と荒木を連れて、部長席に向かった。

「おう、ご苦労だったな」

鳥居部長が、いつもの六方詞で岡崎と荒木に声をかける。

「何か耳寄りな話がありそうな様子じゃねえか」

葦名警部が言った。

「文科大学の学生から話を聞いてきたようです。被害者の大学での様子を聞いたとか……」

「ほう、そいつはお手柄じゃねえか。話してみねえ」

岡崎は、市ノ瀬から聞いた話をできるだけ詳しく報告した。

荒木はちょっと不思議な男で、罪人や無法者に対してはきわめて饒舌だが、上司の前ではとたんに無口になってしまう。

だから、報告などはたいてい岡崎の役目になってしまうのだ。

話を聞き終わると、鳥居部長が独り言のようにつぶやいた。

「急進派で、日本古来の文化の排斥論者ね……」

「はい。日本が西洋列強と肩を並べるためには、古いものはすべて捨て去り、進んだ西洋の制度や技術を取り入れるべきだという考えのようでした。学内でも賛同する者と反発する者が真っ二つに分かれていたようです」

「極端な考えってのは、そういうもんだ。賛否がはっきり分かれるもんさ」

「水戸出身の蔵田利則という学生がいて、この者は強く反発していたようです」

「ははあ、水戸ね……」

鳥居部長は、感慨深そうな表情になった。「吉田松陰や西郷南洲も水戸学に深く影響を受けた。さらにその教えを受けた者や深く関わった者が瓦解を押し進めたわけだが、その後の日本がこんなふうになっちまうとは思ってなかったかもしれねえなあ……」

岡崎は、その言葉にどうこたえていいかわからず、報告を続けることにした。

「蔵田利則は、高島先生を討つべし、とまで言っていたそうです」

「そいつぁ、俺たちが聞いた話とも一致するねえ」

鳥居部長は西小路を見て言った。「なあ、探偵さん」

西小路は悪びれる様子もなくこたえた。

「ええ、そうですね。黒猫先生がおっしゃっていたことと矛盾していません」

「黒猫先生……?」

いつの間にか近寄ってきていた服部課長が尋ねた。

鳥居部長が言った。

「帝大文科大学の英文学の教師で、小説家でもある。有名な先生だよ」

服部課長が言う。

「……ということは、被害者の高島先生とご同業ということですね」

鳥居部長がうなずく。

「そういうことだ。黒猫先生によると、高島先生は、西洋かぶれも甚だしく、どうにも鼻持ちならないやつだったそうだ」

「はあ……。でも、その黒猫先生とやらも、英文学を教えておいでなのでしょう」

「そう。英文学が専門なくせに、ひどい西洋嫌いなんだそうだ。イギリス留学のせいで神経衰弱がすっかりひどくなったとおっしゃるんだ」

「妙な先生ですね」

「蔵田利則ですか。そいつ、知ってますよ」

西小路が、部長と課長の会話に割り込むように言った。

鳥居部長がうれしそうに言った。

「おめえさん、なかなか役に立つねえ。蔵田って、どんなやつでえ？」

「二年ほど下だったと思います。一昨年（おととし）、大学を辞められた小泉（こいずみ）先生に心酔していましたね」

「小泉先生？」

「ええ。小泉八雲（やくも）先生。本名はラフカディオ・ハーン。その後任が黒猫先生なんです」

鳥居部長は、ますます興味を引かれた様子だった。彼は言った。

「その話、もうちっと詳しく話してみねえ」

5

「小泉八雲先生については、よくご存じですか?」

西小路の問いに、鳥居部長がこたえた。

「まあ、通り一遍のことしか存じ上げねえな……。『怪談』は、なかなか面白かったねえ」

鳥居部長は、文学に造詣(ぞうけい)が深いのだ。だが、書いたものは知っていても、その人となりや、どういう生活を送っていたかなどは知る由もないだろう。

もちろん岡崎は、小泉八雲という名前すらよく知らない。学問にはとんと縁がないのだ。それは荒木なども同様だろう。

岡崎は、西小路の話に聞き入った。

「小泉先生は、学生たちから親しみを込めてヘルン先生と呼ばれていました」

「ヘルン……?」

「松江の県立中学に赴任するときに、辞令にそう書かれていて、本人がずいぶんとそれを気に入ったので、そう呼ばれるようになったということです」

「ハーンがヘルンか……。当時の役人は、ちゃんと英語を勉強していなかったのかね……」

「ヘルン先生は、ある一部の学生から絶大な人気がありましたね。左目は若い頃に怪我(けが)をしてから見えなくなり、右目もずいぶんとお悪い様子で、虫眼鏡のような片眼鏡をお使いでした。いつも背を丸くしておられる印象がありました。ちょっと見は、怪しげな西洋人でしたが、小柄で眼差しは優しく、独特の面白みと親しみやすさがありました」

「おめえさん、ヘルン先生の講義を受けたのかい？」

「はい。英文学については、ヘルン先生と黒猫先生の両方にほぼ半分ずつ習いましたね」

「どういう先生だったんだろうねえ、ヘルン先生は……」

「淀みなく、見事な講義でした。ある学生たちに言わせると、彼の声はまるで歌うがごときだったと……」

「歌うがごときねえ……」

「あまりに見事な授業なので、解任されたとき、ヘルン先生のいない文科で学ぶことなどない、と、法科に移った学生もいたほどでした。学生の間で、留任運動が起きたのですが、それをご本人が制したということです」

「その後任が、黒猫先生なんだろう？　その黒猫先生の授業の評判はどうなんだい」

西小路は苦笑した。

「法科に移った学生に言わせると、『あんなもん、問題になりゃしない』んだそうです」

「そうなのかい」

鳥居部長は、興味深そうに言った。「小説はあんなに立派なのに……」

「それが、黒猫先生の面白いところでしてね……。ロンドンにいるときに、下宿先に引きこもって狂気じみた猛勉強をされたのだそうです。そのせいか、微に入り細を穿ち、なかなか授業が進みません」

「ほう」

「まあ、いろいろな意味でヘルン先生と黒猫先生の授業は対照的でしたから……。ヘルン先生の講義は詩的で劇的で、一方、黒猫先生の授業は実に分析的でした」

「分析的……」

「物語そのものよりも、英文の構造にこだわるのです。言語的な構造を分析すれば、民族の特徴も見えてくると、先生はお考えのようですね。なにしろ、先生は何につけても分析をしたがるのです」

「考え過ぎて、神経衰弱になっちまったんじゃねえのかい」

「まあ、そういうことかもしれませんね」

「だが、あんたはそんな黒猫先生に弟子入りしたんだろう？　そいつはなぜだ？」

「先生がお書きになるものが、群を抜いて面白かったからですね。たしかに講義は精彩を欠いています。もともと人前で話すことがお得意ではないのでしょう。何せ、他人の眼差しが恐ろしいというのですから……」

「眼差しが恐ろしい……」

「窓から誰かが自分のことを見張っている……。そんな妄想から逃げられないのだそうです」

「窓から……」

「ご存じのとおり、ロンドンの家屋には、縁側などありません。外に開け放たれた縁側というのは、日本独特のものです。英国では、プライヴァシーというものを大切にするのだそうです」

「何でえ、そのプライなんとかってのは……」

「個人が自律的人格として存続するために、守られるべき私的領域のことですね」

「めんどくせえ言葉を並べたが、つまりは他人に知られたくねえことだな?」

「そういうことですね。日本の家屋は縁側によって、私生活が公開されています。そこでは、私的な見聞も好き勝手に流通します。しかし、ロンドンでは石の壁で人々の生活が隔絶されており、窓を通してしかその人のことをうかがい知ることができません。そういう暮らしが、先生には耐えがたかったのかもしれません」

「お辛(つら)い思いをされたんだろうな」

「先生は心の病を患われることになり、その結果、おそろしく面白いものをお書きになるようになったのです」

「おめえさん、ずいぶん人が悪いじゃねえか。先生が苦しんでるってえのに、それがいいことだったみてえな言い方をしてる」

「文学は残酷ですよ。先生はきっと、教育者としてではなく、文学者として、後世に名を残すようになると、僕は考えています」

「黒猫先生のことはいい。ヘルン先生と、水戸の蔵田って学生のことだ」

「ヘルン先生が解任されるとき、学生の間で留任運動が起きたと言ったでしょう。蔵田はその運動でも中心的な人物として活動していました」

「歌うような講義に心酔してたってわけか」

「講義が詩的で劇的だっただけじゃありません。ヘルン先生は、日本をずいぶんとお気に召しておいでで、日本文化の素晴らしさを学生に説いていました。蔵田は、そういうところに強く引かれた様子でした」

「なるほどね……」

鳥居部長は納得したように何度かうなずいた。「それじゃ、急進派の高島先生は受け容れられないだろうね」

岡崎もそう思った。

蔵田は、大学で西洋の文学を学びつつ、失われていく日本の古い文化を惜しんでいたのではないだろうか。

その気持ちは、岡崎にも理解できた。

東京の変化は目まぐるしい。すっかり都会の生活に慣れたつもりでも、ふと故郷の米沢のことが心に浮かぶことがある。

東京の町に暮らす人々もそうなのではないだろうか。幼い頃に駆け回った野原や山や川。家族との団らん。

岡崎の場合、米沢に帰れば、また故郷に触れることができる。なつかしい風景や人々がまだ残っている。

だが、東京からはそうしたものがすでに失われているのではないだろうか。幼い頃に遊んだ原っぱには大きな建物ができ、道路や鉄道が敷かれ、川や掘り割りは埋め立てられた。

そんな様子に、激しい喪失感を抱いている人々がたくさんいるのかもしれない。

それは、単に人々が住む場所だけの問題ではない。日本人が長い間大切にしてきたものを、一気に駆逐しようとする動きがある。

それに対して、危機感を抱く者がいても不思議はない。岡崎も、どちらかというとそういう類の人間だった。

西小路が、しみじみとした口調で言った。

「ヘルン先生は、日本の文化を大切にされていました。だからこそ、日本に帰化されて、小泉八雲と名乗っておいでだったのです。しかし、それが解任の理由ともなったわけです」

鳥居部長が驚いたように尋ねた。

「そりゃまた、どうしてだい」

「帝大は、未来の日本に役立つ人材を育てる役割を担っています。つまり、過去の日本にこだわっていてはいけないのです」

「つまりは、高島先生のような人が重用されるってことかい?」

「そういう傾向はありますね」

「なるほどなあ……」

鳥居部長は、付け加えるように尋ねた。「ちなみに、黒猫先生はどっち派なんだ?」

「微妙ですね」

「微妙……？」

「先生は、英文学を学びつつ、西洋文化を嫌悪しておられます」

「ほお……」

「官命でなければ、ロンドンなどには決して行かなかったと、おっしゃったことがあります」

「そいつは驚きだねえ。そういえば、黒猫先生に言わせると、高島先生はさんざんだったな。そいつを、みんなにも話してやってくれねえか」

鳥居部長と西小路だけが聞いた話を、みんなで共有しようということだ。

西小路が話しはじめた。

「高島先生は、実に合理的に物事をお考えになる方でした。日本が近代化するためには、中途半端はいけない。やるなら、短期間に徹底して変革しなければならないと主張されておいででした」

岡崎が言った。

「なんでも、日本の公用語をドイツ語にすべきだと言っていたそうだな」

西小路が岡崎を見て言った。

「そう。よく知っているね」

「市ノ瀬という学生から話を聞いたんだ」

「市ノ瀬……」

西小路は首を捻った。「さて、知らんなあ……」

「あんたの何年か下だろう」

「まあ、僕も文科のすべての学生を知っているわけじゃないからね」

「その市ノ瀬が言っていた。高島先生は、さらに、日本語を書き表すのに、西洋文字を使うべきだと主張していたそうだな」

「なんとまあ……」

鳥居部長があきれたような顔で言った。

「日本語をアルファベットで書くってのかい？　そいつはまた、無茶な話だなあ」

西小路は鳥居部長に言った。

「仮名を使うくらいだから、アルファベットでもいいだろうと、高島先生はおっしゃっていました」

「ばか言うなよ。今の日本人は、仮名だけで書き物をしているわけじゃねえ。警察の書類だって、新聞の記事だって、漢字と仮名を交ぜて書く。それが一番わかりやすい。仮名の代わりにアルファベットを使やあいいと言うが、漢字とアルファベットは交じらねえだろう」

西小路が肩をすくめる。

「僕がそう主張しているわけじゃないですからね……。ただ、日本語をアルファベットで表記しようという、いわゆるローマ字論を主張する国語学者も少なくないのですよ」

「ローマ字論は知ってるよ。しかし日本語には馴染まねえんじゃねえのかなあ……」

「高島先生は、予言されていました。いずれ、東京の店の看板は、横文字ばかりになるだろうって……。それを聞いて、黒猫先生は苦笑しておっしゃいました。いくら日本人が西洋かぶれになったって、店の看板が横文字ばかりになるってことはなかろうって……」

「俺も黒猫先生と同じ意見だね。横文字の看板なんて、何を売っているかわからなくて困るじゃないか」

「高島先生は、公用語をドイツ語にすべしという主張ですから、看板がドイツ語になるのは当然のことなんですね。それについて、黒猫先生は、戦争に負けて占領されたわけでもないのに、自国の言葉を捨てるとは何事か。西洋の真似をしたからといって西洋人になれるわけではない。日本人としての背骨を忘れたら、何者でもないのっぺらぼうになっちまう。そうおっしゃっていました」

「さすがだ。うまいこと言うね」

「そういうわけで、黒猫先生の高島先生評は、すこぶる厳しい」

西小路は、岡崎たち巡査にそう言った。岡崎は、西小路に向かって言った。

「高島先生の授業が突然休講になったこともあり、大学ではすでに、死人が高島先生だという噂が広まっているようだ」

それを聞いた服部課長が、鳥居部長に言った。

「ちゃんと新聞社に知らせて、世間に発表したほうが、騒ぎが大きくならなくていいかもしれませんね」

それを聞いた葦名警部が言う。

「亡くなったのが、帝大文科大学の教師だということがわかれば、じゃあ殺したのは誰かと、当然記者は訊いてくるでしょうね」

服部課長が、うーんとうなって腕を組んだ。

「下手人の目星は、まだまったくついておらんのだが……」

鳥居部長が葦名警部に尋ねた。

「例の薬売りはどうしたい？」

葦名がこたえる。

「巡査たちが本郷署に話を聞きに行ったときには、すでに署を出た後だったということです。その後の足取りはつかめておりません」

「本郷署ではどう言ってるんだい？」

葦名警部が言った。

「それについては、直接話を聞きに行った巡査たちに報告させようと思います」

彼は、岡崎と荒木を見た。

「おう、そうしてくんな」

葦名警部が無言で報告をうながしている。こういうとき、荒木は口を開かない。結局また岡崎が報告することになるのだ。

「薬売りが湯島天神でお参りを済ませ、不忍池のほとりで荷を下ろして休もうとしていると、水面に浮かぶ黒っぽいものに気づいたということです。それが、遺体でした」

「ふうん……」

「本郷署では、別に怪しいところはなかったので、すぐに放免にしたとのことですが、どうもすっきりしないのです」

「何がすっきりしないんだ？」

「本郷署から出た後の薬売りの足取りがまったくつかめないんです」

服部課長が脇から言う。

「ちゃんと調べたんだろうな。暑いからといって、どこかで油を売っていたんじゃないのか」

岡崎はこたえた。

「いえ、そのようなことは決してありません」

鳥居部長が質問した。

「どこをどう調べたのだ？」

「本郷通りを中心に聞き込みをしました。しかし、薬売りの姿を見たと言う者はおりませんでした。荒木が妙なことを言うので、なんだか、薬売りが怪しげな者に思えてきました」

「妙なことってえと……？」

岡崎は荒木を見た。荒木が恨みがましい眼で見返してきた。余計なことを言いやがって、とその眼は語っていた。

鳥居部長が荒木を見たので、荒木は話しだした。

「幼少の頃から、薬売りにはあまりいい印象がありませんで……。全国の山から山へ渡り歩く、間者か何かの類のような気がしていました」

　鳥居部長はにやりと笑みを浮かべて言った。

「おめえの言っていることは、あながち間違えじゃねえかもしれねえぞ」

「は……？」

「警察署を出てから、煙のように消えちまったんだろう？　荒木が言うように、間者の類かもしれねえし、忍びか何かかもしれねえ……」

　鳥居部長は冗談を言っているのだろうと、岡崎は思った。こうした物言いで他人を煙に巻くのが得意なのだ。

　誰も何も言わずにいると、鳥居部長が西小路に尋ねた。

「なあ、おめえさん、探偵なんだろう？　ならば、薬売りがどうやって姿を消して、どこにいるのか、推理してみちゃあくれねえかい」

　西小路は岡崎に尋ねた。

「警察署を出ると、すぐに本郷通りだったね？」

「玄関を出て左に行けば不忍池や湯島、右に行けば本郷通りに出る」

「では、薬売りは湯島のほうに戻ったのでしょう」

「いいや」

　葦名警部が否定した。「そちらは、私たちが聞き込みをした。だが、やはり薬売りの姿を見たという者はいなかった」

荒木が言った。

「薬売りはでかい風呂敷包みを背負って、鳥打ち帽をかぶっているんだ。目立つ恰好だ。それなのに、誰も姿を見ていないとなると、やっぱり怪しげな術を使ったんじゃねえのかね……」

西小路が苦笑した。

「そんなはずはありませんよ」

荒木がむっとした調子で言う。

「じゃあ、薬売りはどこに消えたんだ？」

「本郷署を出てからの姿を誰も見ていない。だとしたら、本郷署を出ていないのでしょうよ」

岡崎は、思わず「えっ」と声を出した。荒木は、ふんと鼻で笑った。

「俺たちが本郷署に行ったときには、すでに薬売りを放免にしたと、黒井警部が言っていたんだ」

「じゃあ、その黒井という警部が間違ったのでしょうよ。でなければ、嘘をついた……」

荒木が眉をひそめる。

「黒井警部が嘘を……」

荒木に代わって、鳥居部長が西小路に尋ねた。

「どうして、黒井が嘘をつかなけりゃならねえんだ？」

「それはわかりません。しかし、理屈を考えればそれしかありません。薬売りは、皆さんが聞き込みを始めるまで、本郷署にいたのです」

服部課長が言う。

「待ってくれ。何も本郷署にとどまっていたとは限らないだろう。着替えれば済む話だ。そうすれば、薬売りを見たという者はいなくて当然だ」

西小路は薄笑いを浮かべてかぶりを振った。

「どこでどうやって着替えるんです？　大きな風呂敷包みはどこに隠すんです？」

服部課長はしどろもどろになった。

「それは……」

「着替えたり変装したりというのは、意外と手間がかかるし、準備も必要です。遺体の発見者でしかない薬売りが、あらかじめ着替えや、荷物の隠し場所を用意するはずがないでしょう」

「たしかにそうだ」

鳥居部長が言った。「だが、おめえさんが今言ったことには、一つだけ訂正しなきゃならねえことがある」

「何でしょう？」

「遺体の発見者でしかない薬売りとおめえさんは言った。だが、そうとは限らねえんだよ」

6

その言葉に、岡崎は驚き、なぜか荒木はうれしそうな顔になった。

服部課長が眉間(みけん)にしわを刻んで鳥居部長に尋ねた。

「つまり、薬売りが容疑者ということですか?」

「下手人とは言ってねえよ。ただ、その疑いがある何人かのうちの一人であることは間違(まちげ)えねえ」

西小路は平然と言った。

「それは認めましょう。でも、それにしても、着替えたり大きな荷物を隠したりするのは、手間がかかり過ぎる気がします。やはり、本郷(ほんごう)署に留(とど)まっていたと考えるべきでしょう」

服部課長がさらに鳥居部長に質問した。

「他の容疑者というのは……」

「高島先生討つべしと言っていた蔵田という学生らも容疑者だろうぜ」

「はあ、そういうことですな……。では、その蔵田をしょっ引いて、話を聞いてみますか」

「そうしてくれ。それからな……」

「は……」

「本郷署の署長に電話してくれ。俺から話があると言うんだ」

「了解しました」

服部課長は、壁にかかった電話のところに行き、ハンドルをぐるぐると回した。交換手を呼び出すのだ。

葦名警部が鳥居部長の命を受けて、岡崎と荒木に言った。

「すぐに蔵田を連行するんだ」

「了解しました」

岡崎がこたえたとき、久坂と岩井が戻って来た。葦名警部が彼らに言った。

「ちょうどいい。おまえたちもいっしょに行け」

久坂と岩井は訳がわからず、きょとんとしている。

岡崎が二人に言った。

「途中で説明するよ」


警視庁を出ると、荒木が自慢げに言った。

「やっぱり薬売りが怪しいってことになっただろう」

岡崎はわずかに顔をしかめて言った。

「部長は、容疑者の一人だと言われただけだ」

「容疑者には変わりない」

荒木の薬売り陰謀説には、少々うんざりしてきた。

久坂が岡崎に言った。

「……それで、俺たちはどこに向かっているんだ？」

岡崎は、これまでの経緯をかいつまんで説明した。

久坂は、首を捻(ひね)り言った。

「市ノ瀬という学生は、蔵田が高島良造を殺したと思っているのか？」

「少なくとも、疑いを持っているようだ」

「主義主張が違うだけで、殺したりするかなあ……」

体はでかいし力もべらぼうに強いが、どこか茫洋(ぼうよう)としている久坂は、巡査のくせに人が人と争うということに、あまり実感を持っていないようだ。

柔術の道場に通っており、その道場の中でもかなりの実力だということだから、もっと戦いということについて現実的だと思っていたのだが、実はまったく違っていた。

できれば他人と争いたくないと考えているようだ。おそろしく強いくせに、そんな性格なので、なんだか滑稽(こっけい)に思えてしまう。

岡崎は、久坂の問いにこたえた。

「御一新のときの争いは知っているだろう。戊辰戦争(ぼしんせんそう)に西南(せいなん)の役(えき)……。いずれの戦いも、もとは主義主張の違いから起きるのだ」

「へえ……。岡崎はいろいろなことを知っているなあ……」

「おまえが物事に無頓着(むとんじゃく)過ぎるんだよ」

岩井が油断のない表情で言う。

「四人もの巡査で行けということは、蔵田が危険人物だということなのか？」

岩井は会津出身だ。戊辰戦争や西南の役の例を出すのはまずかったかと思いながら、岡崎はこたえた。

「蔵田は、高島に反発する学生たちの首謀者的な立場だということだ」

「徒党を組んでいる恐れがあるということだな」

「葦名警部はそう考えたに違いない」

岩井はそれきり何も言わなかった。

別に戊辰戦争だの西南の役だのを気にした様子はないので、岡崎はほっとした。

「やれやれだなあ……」

久坂が言った。荒木が尋ねる。

「何が、やれやれだ？」

「俺たち、本郷のほうから戻ったんだぜ。また逆戻りだ」

「おいらたちだってそうだよ」

荒木が言う。「それが巡査ってもんだろう」

本郷通りから菊坂に入ったのは、午後五時半を過ぎた頃で、日が傾き夏の暑さが和らいできた。

とはいえ、湿気は相変わらずで、岡崎の制服の下は汗がつたっていた。

勤め帰りの人が行き交い、菊坂はむしろ日中よりも賑(にぎ)やかになっていた。通りの両側は、二階建ての住宅や商店が並んでいる。

夏の日は長く、まだ明かりは点(とも)っていない。菊坂からさらに細い路地に入ったところに、蔵田の下宿があった。

一軒家の二階二部屋を学生に貸している。一階の母屋を訪ねると、五十歳ほどの痩(や)せた和服姿の婦人が出てきた。この家の主婦だろう。

学生たちの賄いも、このおばちゃんがやっているのだろうと、岡崎は思った。

彼女は、制服姿の巡査が三人もいるのを見て驚いた様子だった。

「何かありましたか……」

不安気な様子でそう尋ねる。

一人だけ制服を着ていない荒木が言う。

「心配することあねえ。ちょっと下宿なさっている学生さんに聞きたいことがあってな」

「はあ……。どちらの学生でしょう」

「蔵田って学生だ。いるかい？」

「はい。ちょっと前に大学からお帰りで、部屋におるはずですが……」

「すまねえが、呼んで来てくれねえかい」

荒木が話をしている間、久坂と岩井は周囲の様子を見ていた。それがいつもの習慣だった。

下宿屋のおばちゃんが奥に引っ込んでしばらくすると、久坂の声がした。

「二階の窓から誰か逃げたぞ」

すでに岩井はその姿を追って駆け出していた。

袴をはいた姿がちらりと見えた。隣家の屋根に飛び移ったところだった。

岡崎は、荒木とともに下宿屋に踏み込み、二階に上がった。さきほどのおばちゃんが慌てて言う。

「靴も脱がずに、何ですか……」

荒木が言う。

「こういうときは、靴なんか脱いじゃいられねえんですよ」

着流しの荒木は動きにくいので、岡崎が窓から出て、逃げた袴姿の男のあとを追った。がたがたと鳴る屋根瓦を踏みながら進んだ。

行く手で、岩井の声が聞こえた。

「逮捕した」

見ると、路地で岩井と久坂が男を押さえつけている。岡崎は、屋根から声をかけた。

「縄を打て」

岩井の声が返ってくる。

「言われんでもやってるさ」

なんとか足がかりを見つけつつ、屋根から地面に下りると、そこに荒木もやってきた。袴姿の男は学生のようだ。

荒木が尋ねた。

「おまえさん、蔵田利則かい？」

縛り上げられた学生風の男は、悔しげに荒木を睨むだけで何も言わない。

岡崎は言った。

「とにかく、警視庁に運ぼう」

「その前に、下宿のおばちゃんに確認してもらおう」

下宿屋のおばちゃんは、縛り上げられた学生風の男の姿を見ると目を丸くした。

「いったい、どうしたんです？」

岡崎は言った。

「我々が訪ねて来たのを知り、逃げ出したので、逮捕した。この男は、蔵田か？」

「ええ。蔵田さんです。ただの学生さんですよ。悪いことなんてしちゃいません」

「それについては、警視庁でゆっくり話を聞く」

久坂と岩井が蔵田を引っぱって歩かせた。下宿屋のおばちゃんは、玄関先に立ったまま、その姿をじっと見つめていた。


警視庁に到着した頃には、すっかり日が暮れて、庁内に電灯が点っていた。

鳥居部長以下、幹部たちはまだ残っていた。岡崎は西小路の姿を見つけて言った。

「なんだ、まだ帰らなかったのか」

「蔵田というやつの話を聞こうと思ってね」

「あんたに話を聞かせるとは言っていない」

「僕が捜査に参加していいと、鳥居部長がお墨付きをくれたのだよ」

「それで、ここで何をしていたんだ？」

「別に……。ただ、ここにいるだけでいろいろなことがわかる。警察というのは楽しいところだね」

「別に楽しくはないだろう」

そこで、西小路は声をひそめた。

「やっぱり、薬売りは怪しいようだよ」

「どういうことだ」

西小路の声がさらに低くなる。

「鳥居部長が本郷署の署長に電話をしただろう。電話をしながら、部長はだんだん苦虫を嚙みつぶしたような顔になった。電話を切ると、服部課長と葦名警部に言ったんだ。薬売りについては、しばらく保留だって……」

「保留……？」

岡崎は思わず、眉をひそめた。「それはどういうことだ」

西小路は、「しっ」と人差し指を口元に持っていった。

「しばらくは手出し無用ってことでしょう」

「なぜだ？」

「それはわかりませんねえ」

「探偵だろう。ずっとここにいたんだから、何かわかっているはずだ」

「無茶言っちゃいけない。鳥居部長は、それっきり薬売りのことには一言も触れなかった。とても質問できる雰囲気じゃないので、服部課長も葦名警部も何も訊かない。何もわからないさ」

「じゃあ、推理してくれ。どういうことなんだ。薬売りは容疑者じゃないのか」

西小路は考え込んだ。考えている時間はそれほど長くはなかった。

「おそらく、僕が指摘したとおり、薬売りは君たちが聞き込みに出るまで、本郷署に留まっていたのだろう。そして、それを追及しようとした部長が、突然、捜査保留と言い出した……。考えられることは一つ。彼は、警視庁が手出しをできないような立場の人だということだろう」

岡崎は仰天した。

「薬売りに警視庁が手出しできないというのはどういうことだ？」

西小路は苦笑した。

「本物の薬売りじゃなく、何者かの変装ということでしょう」

「何者かの変装？　いったい何者なんだ？」

「それはわからないよ」

「部長が手出し無用というのなら、俺たちは言うとおりにするしかない」

「そうだろうね。だが、僕は警察官じゃない」

「何が言いたいんだ?」

「好きなことを、好きなように調べられるということさ」

「とにかく」

岡崎は言った。「薬売りが何者かの変装かもしれないという話、荒木にはしないでくれ」

「どうしてだ?」

「どうしても、だ」

そのとき、葦名警部が岡崎に声をかけた。

「これから、蔵田に話を聞く。おまえも来い」

「はい」

岡崎は、葦名警部に続いて、蔵田がいる取り調べ用の部屋に行った。そこは、昔ながらの土間で、椅子(いす)と机があるだけだった。

かつてはこういう部屋で、罪人を吊(つる)して、自白するまで痛めつけたということだ。フランスの制度に学んだ警視庁では、たてまえではそういう野蛮なことはしないということになっているが、実際にはかなり乱暴なことをやる。

蔵田は、縛られたまま椅子に座らされていた。葦名警部が机を挟んでその向かい側に座る。岡崎だけが、記録者用の席で、ペンを取り、警視庁用の薄紙の用箋(ようせん)を広げた。

荒木、久坂、岩井の三人は、葦名警部の背後に立ったままだ。彼らは、いざとなれば、蔵田を押さえつけ、殴りつける役をやらされる。

葦名警部が蔵田に言った。

「蔵田利則だな？」

蔵田は何もこたえなかった。

葦名警部は、再び同じことを尋ねた。やはり返事がない。

「文科大学に通っているそうだな。たいそうな秀才だ。水戸の出身だということだが、故郷ではさぞかしおまえのことを誇りに思っているだろうな。警察につかまり、こうして調べを受けていると、故郷の両親や親戚、出身校の教師らが知ったら、何と思うだろうな」

蔵田は、きっと葦名警部を睨んだ。

「俺は何もやっていません」

「何もやっていない者が逃げるか。巡査たちが下宿を訪ねていくと、おまえは二階の窓から逃げようとしたそうじゃないか」

蔵田は眼をそらして言った。

「巡査が来て、俺の名前を出したのを聞いたので……」

「改めて訊く。蔵田利則だな？」

彼は覚悟を決めたようにこたえた。

「そうです」

「どうして逃げたんだ？」

「集会に顔を出して、ビラをもらったことがあります。そのことだと思って、おそろしくなって逃げました」

「集会……？　何の集会だ」

「社会主義者の……」

「おまえは社会主義者なのか？」

「違います。知り合いに誘われて顔を出してみただけです。連中がどんなことを言うのか興味もありましたし……」

「逃げたのは、そんな理由ではなかろう。高島先生の件じゃないのか？」

蔵田は怪訝そうな顔になった。

「高島先生の件……？　それはどういうことでしょう？」

「今朝、不忍池に浮かんだ死体は、高島先生だった」

「やはり……」

蔵田は目を丸くし、つぶやくように、それだけ言った。

「おまえは、高島先生に反発して、討つべしと言っていたそうだな」

「誰がそんなことを言いましたか」

当然だが、葦名警部は蔵田の問いにはこたえない。さらに質問を続けた。

「おまえは、ラフカディオ・ハーン先生の教えに心酔し、高島先生の主張に反発していた。急進的な高島先生を憎み、殺害したのだろう」

蔵田は、ますます驚きの表情となった。

「どうして俺が……。いや、たしかにヘルン先生のことは尊敬しておりました。講義の内容だけではなく、そのお人柄や、豊かな人生経験もすばらしいものだと思っていました。でも、それと高島先生は何の関係もないでしょう」

「ハーン先生は日本のよさをよく理解されていた。おまえは、それが気に入っていたのだろう。そして、高島先生は、日本の文化をないがしろにしていると、おまえは感じていたのだ」

「それはこじつけです。たしかに、俺は高島先生の主張は行きすぎていると常々感じておりました。しかし、だからといって先生を殺すなど、考えたこともありません」

「高島先生に反発する学生たちを集めて、おまえはその指導的立場にいるという話ではないか」

「冗談じゃありません。そんな集団なんて作ったりはしていませんよ」

「嘘を言っても、調べればすぐに本当のことがわかる。今のうちに、正直に話したほうが身のためだ」

「嘘なんか言っていません」

「こちらには、証人がいるんだ」

「その証人というのは、いったい誰のことなんですか」

「それは教えるわけにはいかないし、教える気もない」

「俺は身に覚えがありません」

「おまえは、じきにしゃべりだすことになるんだ」

蔵田は、葦名警部の背後にいる三人の巡査をちらりと見て、心底怯えた顔になった。

「だから逃げたんです」

葦名警部が聞き返した。

「何だって？」

「警察は、やってもいないことを拷問してやったと自白させるのでしょう？　それが怖くて逃げたんです」

「やってもいないことを白状しろとは言っていない」

「拷問されれば、そうなります」

葦名警部が何か言おうとした。そのとき、出入り口のドアがいきなり開いた。葦名警部以下その場の警察官全員が振り向いた。

服部課長が立っていた。

「そいつの調べは後回しだ」

彼は言った。「陸軍大佐が殺された。現場に急いでくれ」

7

東京は、江戸の頃から多くの人が住み、それだけに犯罪や火事などの騒ぎが多い。

それでも、一日のうちに殺人事件が二件も起きるというのは異常だと、岡崎は思った。

現場は麹町区麹町一丁目。大通りには、町屋が並んでいるが、武家屋敷跡も少なくない。板塀を巡らせた屋敷の前で、被害者は事切れていたという。

岡崎たちが駆けつけたとき、まだ遺体が横たわっていた。七月とはいえ、すでに八時半を過ぎているので、あたりは真っ暗だ。このあたりは街灯やガス灯もない。

所轄の巡査たちが提灯やカンテラで現場を照らしている。その明かりに、鳥居部長の姿が、ぼうっと浮かび上がっていた。

ろうそくの光はゆらゆらと揺れて、それに照らし出されるものはどこか幻想的に感じられる。

葦名警部がまっすぐにその鳥居部長に近づいた。岡崎、岩井、久坂、荒木の四人の巡査は、葦名警部に続いた。

「いらしていたのですね」

葦名警部が声をかけると、鳥居部長がこたえた。

「おう。陸軍大佐が殺されたってんだから、知らんぷりはできめえ」

「お早いお着きです」

「おいら、自動車を使えるからな。もっと自動車が増えて、巡査も使えるようになれば、警察はもっと活躍できるんだがな……」

まさか、巡査が自動車を使うことなんて、考えられない。

岡崎は、鳥居部長の言葉を聞いてそんなことを思っていた。

部長が続けて言った。

「被害者は、本庄敬史郎。年齢は四十六歳。陸軍大佐に間違いない。家人が確認した」

「奥さんが、ですか？」

「そうだ。三宅坂から帰宅したところを、ぶすりとやられたらしい」

三宅坂には、陸軍省や参謀本部など、陸軍関連の施設が集まっている。それ故、「三宅坂」は陸軍の代名詞ともなっている。そこから、徒歩で帰宅したということだろう。

「へえ……」

荒木が遺体のほうを見ながら言った。「軍人さんで勤め帰りなのに、背広姿なんですか？」

その問いにこたえたのは、鳥居部長ではなかった。遺体のほうから声がした。

「陸軍省の課長さんだからね。制服を着ているとは限らんよ」

西小路だった。

岡崎は、思わず彼に尋ねた。

「なんで、あんたがここにいるんだ？」

「捜査に参加するお墨付きを、鳥居部長からいただいたと、何度言えばわかるんだ」

「それは、不忍池の事件の捜査のことだろう」

そこまで言って、岡崎は気づいた。「もしかして、こちらの事件も関連があるのか?」

西小路が言った。

「そういうことは、鳥居部長にうかがうがいい」

鳥居部長が言った。

「手口が似てるんでね。それに、同じ日に殺されたってのは、何か関係がありそうじゃねえか」

葦名警部が尋ねた。

「手口が似ている……?」

「そうだ。やはり、鋭い刃物で一突きだ。おい、岩井巡査。傷を見てくんな」

「はい」

岩井はすぐさま、言われたとおりに遺体を調べにいった。岡崎たち巡査もそれについていった。

岩井は所轄の巡査からカンテラを借りて、遺体に明かりを向けた。遺体の胸がはだけている。

誰かがシャツを開いたのだろう。胸に刺し傷があった。

荒木が言った。

「不忍池の遺体と、同じような傷に見えるな……」

岩井は傷を見たままうなずいた。

「そうだな。部長が言われたように、こちらも一突きだ」

岡崎は岩井に尋ねた。

「凶器は同じか?」

「そう見えるな。包丁などではない。もっと細くて鋭い刃物だ」

「だとしたら、やはり不忍池の件と関連があるということか……」

岩井が立ち上がった。

「凶器は似ていると思う」

慎重な言い方だと、岡崎は思った。剣術が得意な岩井は、侍のたたずまいを持っていると、岡崎は思っていた。

本物の侍だった人たちは、もうほとんどが還暦過ぎだ。それでもまだまだ彼らは毅然(きぜん)としているように感じられる。

侍が商売をやっても、偉そうで何も売れない、などと言われたこともあるが、それはもっぱら商人たちが言っていたことだ。

いつも背筋をぴんと伸ばしているそのたたずまいは、一般には「さすが士族だ」などと言われることのほうが多かった。

岩井はおそらく、士族の家柄なのだろうと、岡崎は勝手に思っていた。

巡査たちが戻ると、鳥居部長が岩井に尋ねた。

「どうでえ、傷は?」

岩井はしゃんと背中を伸ばし、はきはきとこたえた。

「不忍池の遺体と、よく似ていると思います」

「犯人は同じと考えていいってことだな？」

「どうでしょう。まだ、断定はできないと思います」

岩井の言葉はやはり慎重だった。

提灯の明かりの中で、鳥居部長が顔をしかめるのが見えた。

「おいおい、おりこうさんのこたえはいらねえんだ。感じたことを言ってみなよ」

岩井は姿勢も表情も変えずに言った。

「同じ犯人だと思います。いずれも傷はたった一つ。なかなかできることではありません」

「犯人は手練れだってことだね？　剣術の名人とか……」

「それについては、何も言えません。得物が何かわかっていませんので……。匕首なら俠客なども使うでしょう」

「俠客の手口じゃねえように見えるがね」

「目撃者を探します」

「そうだな。巡査たちは聞き込みに回ってくれ」

岡崎は言った。

「発言してよろしいですか？」

鳥居部長が笑った。

「何を今さら。おめえさん、さっきからしゃべってるじゃねえか」

「はあ、捜査上重要なことだと思いましたので」

「もし、こちらの事件の犯人が、不忍池の犯人と同じだとしたら、拘束している蔵田は犯人じゃないということになりますね」

鳥居部長は、しばしの間考えてから、大声で尋ねた。

「おい、殺されたのはいつのことだ？」

所轄の巡査らしい制服の警察官がこたえた。

「発見されたのが、午後七時頃のことで、そのときは殺害されてすぐだったようで、犯行時間は七時少し前と考えていいと思います」

「発見したのは、奥さんだったな？」

「はい、そうです」

岡崎は言った。

「蔵田を捕まえたのが午後五時半頃です。取り調べを始めたのが七時十分頃。彼はずっと拘束されていたのですから、ここで殺人をするのは不可能です」

鳥居部長がうなずいた。

「そうだな……」

岡崎が尋ねる。

「蔵田を釈放しましょうか？」

「待て。実行犯じゃなくても、何か知っているかもしれねえ。もうちっと話を聞いてみな」

「言ってみねえ」

取り調べをした様子では、蔵田は犯人ではないという気がした。彼は、西洋かぶれの教師に反感を抱いていただけだ。高島を殺害するほど憎んでいたとは思えなかった。

だが、部長の指示に逆らうわけにはいかない。

岡崎はこたえた。

「わかりました。今日は留置所に泊まってもらうことにします」

鳥居部長のもとを離れると、荒木が近づいてきて小声で言った。

「蔵田が犯人じゃないとしたら、やっぱり例の薬売りじゃないのかなあ……」

「その件は保留だってことになったじゃないか」

「保留なんておかしかねえかい？　よけい怪しいや」

「だけど、部長に保留と言われたら、俺たちは何にもできない」

「西小路がいるじゃねえか」

「西小路……？」

「あいつが言っていただろう。警官じゃないから、好きなことを好きなように調べられるって……」

「僕がどうしたって？」

すぐ後ろで西小路の声がして、びっくりした。

「なんだよ、驚くじゃないか」

「僕の名前が聞こえたんでね」

荒木がさらに小声になって西小路に尋ねた。

「その後、薬売りのことは、何かわかったか？」

「ずっと警視庁にいて、殺人事件だというので、鳥居部長といっしょにここに飛んで来たんだ。薬売りのことなんて調べている暇はなかったよ」

岡崎が尋ねた。

「そう言えば、蔵田の話を聞きたいと言いながら、取り調べには立ち会わなかったな」

「どうせ追い出されると思ったのでね。それなら部長といっしょにいたほうがいい」

荒木が尋ねた。

「部長はその後、薬売りについては何も言っていないのか？」

「一言も触れてないね」

どういうことだろうと、岡崎は思った。

遺体の発見者が所轄署で話を聞かれる。そこまでは、ごく普通のことだ。だが、その後のことがまったく理解できない。

岡崎たちが話を聞きに行ったときにはすでに、薬売りは本郷署を出た後だと、黒井警部が言った。

だが、その後行方がわからなくなった。煙のように消えてしまったのだ。

薬売りはずっと本郷署にいたのではないかと、西小路は言う。理屈からするとそういうことになるというのだ。

だとしたら、黒井警部が嘘をついたことになる。なぜそんな嘘をついたのだろう。おそらく、岡崎たちと薬売りを会わせたくなかったのだ。

その理由は何だろう。

それを黒井に質(ただ)したいのだが、薬売りに対する捜査はしばらく保留にすると、鳥居部長に言われてしまった。

まったく訳がわからなかった。

考え込んでいると、葦名警部が言った。

「聞き込みに回ろう。犯行時間は、七時少し前ということだ」

岡崎たちは、いっせいに町内に散っていった。


殺害の瞬間を目撃したという人物は見つからなかった。七月初旬の午後七時頃といえば、まだ薄明かりが残っている頃だろうか。

それでも明かりがなければ、遠くのことや暗がりの出来事には気づかないかもしれない。勤め人の帰宅時間とあって、大通りでは人の行き来が多かったに違いないが、現場は大通りから一本入った路地だった。

屋敷の前の細い路地は、おそらくその時間でも人通りは少なかっただろう。目撃者を見つけるのは難しい。

遺体を発見した被害者の妻は、ひどく取り乱していたようだ。

無理もないと、岡崎は思った。

役所から何事もなく帰ってくるものと思っていた夫が、屋敷の前で死んでいたのだ。どんなに気丈な人でも動転するだろう。

だから、仔細な話はまだ聞けていないという。落ち着くのを待つしかない。

おおまかに言うと、七時頃、門から出たところで、倒れている本庄大佐を見つけたということだ。

何かの用事で門の外に出たのだが、何をしようとしていたのか今では思い出せないという。夫が殺されたのだ。些細な用事など忘れてしまうだろうと、岡崎は思った。

不審者を見なかったかどうかも聞いて回った。大通りと本庄大佐宅に向かう路地の角にある乾物屋の店主が「そういえば」と言った。

「……このあたりを、行ったり来たりしているじいさんを見かけたね」

店主の年齢は、四十代後半だ。そろそろ店じまいをしようかと、片づけを始めたときに気づいたということだ。

岡崎は、その店主に尋ねた。

「どんな風体だった?」

「洋装でしたが、ありゃ、士族ですね」

「士族? どうしてわかる?」

「わかりますよ。歩き方が違います。上半身がまったく揺れないんです」

「なるほど……」

大小を差したことがある人は、そういう歩き方になる。刀を腰に帯びたことがなくても、剣術をやり込めば同じような歩き方になるらしい。腰を捻らないで歩くようになるのだ。

岩井もそうだった。

「それにね……」

店主は続けた。「真っ直ぐ前を見て堂々と歩く姿は、どう見ても士族です」

「行ったり来たりしていたと言ったが、いったい何をしていたのだろう」

「道に迷っていたのかもしれませんね」

「誰かに道を訊いたりしていなかったか？」

「いいえ。誰にも話しかけず、歩き回っていました。どこかの家を探しているようでしたが……」

「人相の特徴は？」

「目がぎょろりと大きくて、眼光は鋭かったですね。唇が厚かったなあ……。それと耳が大きく張りだしている感じでした」

岡崎は、葦名警部のもとに戻り、それを報告した。

「士族らしい老人……」

葦名警部はそうつぶやくと、しばらく無言で足元を見つめた。表情が読めないのでよくわからないが、どうやら何事か考え込んでいる様子だ。

「その老人は、手練れなのかい？」

いつの間にか近くにやってきた西小路が、岡崎に尋ねた。

「さあね。でも、歩くときに上半身が揺れないと、姿を見た者が言っていた」

「ほう……」

「それに、真っ直ぐ前を見て堂々と歩いていた、とも言っている」

「それは、かなりできる人物だな」

「それがどうかしたのか？」

「葦名警部は、こうお考えなのだ。もし、手練れなら一太刀で人を殺害することも可能なんじゃないかって……」

岡崎は、葦名警部を見た。

葦名警部は、相変わらず無表情のまま言った。

「私はそんなことは言っていない」

西小路が言った。

「でも、そうお考えだったはずです」

「警察官は、いろいろな見込みをしなければならないのでね……」

西小路が笑みを浮かべるのが、なぜか暗がりの中でもわかった。

「そうでしょうね。探偵もそうです」

岡崎は西小路に尋ねた。

「あんたも同じことを考えているということか?」

「当然だよ。誰かの眼につくということは、その人物の動きがどこか怪しかったということだ。殺人現場の近くにそういう人物がいたとしたら、疑うべきだろう。剣の手練れなら、殺しの手口も納得できるし……」

葦名警部が岡崎に尋ねた。

「その人物は、何か持っていなかったのか?」

「何か……?」

「凶器となるような何かだ」

「あ、いえ……。確認しておりません」

「必要なことだ。確認してくれ」

やはり葦名警部は、岡崎の落ち度を責めるようなことはしない。だがその冷静な口調が、冷ややかに感じられてしまう。そして、ひどく恥ずかしく思うのだ。

「すぐに行ってきます」

岡崎は慌てて角の乾物屋に駆け戻った。夜が更けてもまだ暑く、汗が噴き出る。

汗を拭きながら店主に尋ねる。

「訊き忘れたのだが、その男は何か持っていたか?」

相手は、考え込んだ。

「さあてねえ……。何か持ってたかなあ……」

「何も持たずに、ただ行ったり来たりしていたのか？」

岡崎がそう尋ねたとき、相手がぱっと目を見開いた。

「杖を持っていましたね」

「杖をついていたのか？」

「いいえ、ついていたというより、持っていました」

「その他には？」

「杖だけだったと思います」

岡崎は急いで葦名警部のもとに戻り、そのことを報告した。その場にはまだ西小路がいて、葦名警部よりも先に彼が言った。

「その杖が凶器かもしれない」

岡崎は言った。

「杖で突いても、あんな傷はできないぞ」

「仕込み杖かもしれないと言ってるんだ」

岡崎は葦名警部を見た。警部がどう考えているのか知りたかったのだ。

だが、葦名警部はそれについては何も言わなかった。何を考えているかもわからない。表情が読めないのは暗いせいではない。いつものことだ。

遺体の近くで、鳥居部長の声がした。

「ホトケさんは、帝大の医学部に運んでくれ」

高島の遺体同様、解剖を依頼するということだ。

鳥居部長はさらに言った。

「馬車はまどろっこしくていけねえ。警視庁の自動車を使え」

8

翌朝、鳥居部長は、関係者を集めて会議を開いた。会議室の椅子は堅くて座り心地が悪いが、それは会議を長引かせないための工夫なのではないかと、岡崎は密(ひそ)かに思っていた。

鳥居部長、服部課長、葦名警部、そして岡崎ら四人の巡査が会議に参加した。

司会進行役は葦名警部だった。会議の冒頭、鳥居部長が言った。

「いいかい。こいつは連続殺人だぜ。早いところ下手人を挙げねえことには、また被害者が出る。みんなフンドシを締めてかかってくんな」

偉くなると発言は慎重になるものだ。

だが鳥居部長は違う。

連続殺人かどうかは、もっといろいろな証拠を集めないと断言はできないと言う人も多いだろう。

現場を知らず、書類仕事しかしたことのないような上司が言いそうなことだ。内務省から来たような連中はそういう傾向にある。

彼らは役人なので、おしなべて慎重だ。もちろん慎重なのは大切なことだ。江戸時代はずいぶんとお調べが雑で、数多くの無実の人が断罪されたという。

だが、慎重になるあまり、本質を見逃してしまうこともある。

その点、鳥居部長はさすがだと、岡崎は思う。彼は捜査のツボを心得ているのだ。

部長の言葉が終わると、葦名警部が言った。

「では、これまでわかったことを報告します」

そして、被害者の身元や犯行の手口について説明した。

岡崎は確認のために、ノートにそれを記録していった。

第一の被害者の名前は、高島良造。年齢は三十八歳というから、ちょうど明治元年の生まれだ。帝大文科大学で、ドイツ語の教師をしていた。

第二の被害者は、本庄敬史郎、四十六歳。陸軍省軍務局軍事課の課長で、位は陸軍大佐だった。

軍務局軍事課がどういう仕事をしているのか、岡崎はよく知らない。

陸軍がどういう作戦で、どういう行動を取るかは、陸軍参謀本部が決める。それ以外のことはすべて陸軍省がやると考えていいようだ。

国の予算を分捕るのも陸軍省の役目だ。どういう戦況なのかを政治家に説明するのも、兵員や兵站(へいたん)を補充・輸送するのも、徴兵するのも陸軍省の仕事で、今はロシアとの戦争の真っ最中なので、きっと大忙しだろう。

軍務局というのは、国防計画や動員計画といったさまざまな計画を立てたり、予算措置を行う部局らしく、軍事課はその中心となる部署のようだから、課長がいなくなるとたいへんだろうと、岡崎は思った。

その報告が終わると、服部課長が腕組みをして言った。

「陸軍大佐が殺されたというので、新聞ではそちらが大きく取り上げられた。世の中、大騒ぎだ。帝大の先生が殺されたのも大事だが、すっかり霞(かす)んじまったようだ」

課長が言うとおりだった。

鳥居部長は、新聞記者を呼んで、殺人の被害者が高島教師であることを発表した。今朝の新聞では、それが大きく報じられるはずだった。

だが、本庄大佐殺害で、それがすっ飛んでしまった感がある。

「解剖の結果はまだ出ねえのかい？」

鳥居部長が尋ねると、とたんに服部課長がかしこまった様子になった。

「は、大学からはまだ知らせがありません」

「まあ、そうだろうなあ。ホトケさんを二体も押しつけたからな。例の学生はどうしてる？」

「留置所におります」

「社会主義者の集会に出たことをとがめられると思って逃げたってことだな？」

その質問にこたえたのは、葦名警部だった。

「はい。そのようにこたえています」

「事件について知ってそうな様子は？」

「ありませんね。ただ……」

「ただ、何でえ？」

「被害者の高島についてよく知っているでしょうから、そのへんのことを詳しく聞きたいと思います」

もう少し話を聞いてみろというのは、部長の指示でもある。

鳥居部長はうなずいた。

「おいらもそう思う。それは、おめえさんがやってくれ」

「承知しました」

葦名警部はそうこたえてから、会議を進めた。「では、聞き込みについて報告すべきことがあれば聞こう」

岡崎は荒木が、薬売りのことを言い出すのではないかと心配になった。部長が「保留」だと言ったら、それは触れてはいけない話題、ということだ。

岡崎は立ち上がって発言した。

「高島教師は根津に住んでいました。住所も確認済みです。これは、市ノ瀬という学生とも話したことなのですが、出勤途中に殺害されたにしては、遺体が浮いていた場所が妙だと思うのです」

鳥居部長が苦笑して言った。

「身内の会議だから、いちいち立たなくていい。誰も立っちゃいねえだろう」

「はあ……」

岡崎は腰を下ろしたが、背中はぴんと伸ばしたままだった。

葦名警部が尋ねる。

「浮いていた場所が妙？」

「ええ。遺体は、不忍池の湯島天神側の岸辺近くに浮いていました。根津から大学に通勤するのに、湯島天神のほうを歩くはずがないんです。市ノ瀬もそう言っていました」

「しかも……」

荒木が続いて言った。「岸辺には遺体を引きずったような跡が、まったく見られなかったんです。こいつあ妙ですぜ」

岡崎は、さらに言った。

「池には流れはありませんから、遺体が流されるということはありません。ですから、放り込まれた場所に浮いていたと考えていいと思います。だとしたら、湯島のほうから池に投げ入れられたはずなのですが、岸辺にその痕跡がまったく見られないのはなぜなのでしょう」

服部課長が腕組みをしたまま言った。

「そいつはたしかに妙だな」

鳥居部長が、葦名警部に言った。

「おめえさん、どう思う」

突然話を振られたが、葦名警部はまったく動じた様子を見せずにこたえた。

「軽率なことは申せませんが、おそらく、あの西小路探偵なら、こう言うでしょう。岸辺に痕跡がないのなら、遺体はそこから投げ入れられたのではないだろう、と……」

「ですが……」

荒木が言った。「岡崎巡査が言ったように、川や海じゃないので、遺体が流されることはねえでしょう」

葦名警部はそれにこたえた。

「だから、遺体はその場所で投げ入れたのだ」

荒木が怪訝な顔をする。

葦名警部の言葉が続いた。

「何の不思議もあるまい。犯人は舟を使ったんだ」

岡崎は、あっと思った。

たしかに舟を使えば、池のどこにでも遺体を投げ入れられる。そして、岸辺には痕跡は残らない。

謎（なぞ）などというものは、所詮こんなものだ。解けてみれば、謎だと思っていたのがばかばかしくなる。手品の種と同じだ。

鳥居部長がうなずく。

「それに間違いねえと、おいらも思うぜ。そして、殺されたのも、遺体が発見された昨日の朝とは限らねえ」

巡査たちは、一斉に鳥居部長の顔を見た。葦名警部が、みんなを代表するように尋ねた。

「出勤時に殺されたのではないということですか？」

「ああ。遺体を舟に乗せて運ぶのは、夜陰に乗じてやるのが一番だろう」

「しかし、前日に殺害されていたとしたら、帰宅しないわけですから、家族が何か言うでしょう」

「高島先生は、一人暮らしだった。女中もいねえ。だから、帰宅しなかったとしても、気にする者がいなかったってことだ」

服部課長が尋ねた。

「どうして、それを部長がご存じなんです？」

「ああ、西小路から聞いたんだ。あいつは、なかなか役に立つぜ」

そういうことか。

岡崎は思った。一人暮らしだったら、いつどのような行動を取ったか確認が取りづらい。鳥居部長が言うように、遺体発見前日の夜に殺されているということも充分に考えられる。

鳥居部長の言葉が続いた。

「まあ、そいつは、解剖の結果が出ればはっきりするだろうぜ」

それを受けて、葦名警部が言った。

「では、その報告を待つとしましょう。他に何か？」

誰も何も言わない。荒木も薬売りのことは言い出さず、話題は本庄陸軍大佐の件に移っていったので、岡崎はほっとしていた。

「現場の状況から見て、本庄大佐は、遺体が発見された場所で殺害されたことは明らかです」

葦名警部が報告した。

たしかに大きな血だまりができていた。カンテラや提灯の明かりに照らされて、地面が黒々としていたのを、岡崎は思い出した。

葦名警部の言葉が続く。

「胸に刺し傷が一つだけ。それが心臓まで達しており、致命傷になりました。これは、高島教師の傷と同様です。これも、解剖の結果を待たなければなりませんが、おそらく同一の凶器ではないかと見られています」

鳥居部長がうなずいて言った。

「刺し傷が一つだけってのが、何よりの特徴だ。普通、刺殺体には、傷がたくさんあるもんだ」

服部課長が言った。

「俠客も、古参になると匕首で一突きだという話を聞いたことがありますが……」

「やくざ者が匕首を使ったなら、傷は下腹にできるよ」

「そうなんですか？」

「ああ。やつら、匕首を腰に構えて体当たりしやがるからな。それに、よっぽど腹が据わった俠客じゃねえと、一突きってわけにはいかねえ。やつらだって度を失って何度も突くんだ」

服部課長は、呆気（あっけ）にとられたような顔で言った。

「はあ、そういうもんですか……」

鳥居部長が、岩井を見て言った。

「おい、おめえならあの二人の傷を見て、犯人の腕前がわかるだろう」

岩井がこたえた。

「両方とも迷いもなく一突き……。かなりの腕だと思います」

「だろうねえ……」

そのとき、岡崎は岩井が何か言いたそうにしているのに気づいた。だが、岩井は訊かれたことにこたえただけだった。

彼は決して余計なことは言わない。

何かを感じたが、それについての発言を避けた。それはなぜだろう。

葦名警部が言った。

「それについて、ちょっと気になることがあります」

「ほう……」

鳥居部長が尋ねる。「そいつは何でえ？」

「岡崎が聞き込みで仕入れたことなんですが……」

鳥居部長と葦名警部が同時に岡崎を見た。「何を聞いてきた？」

「現場近くにある乾物屋の店主によると、不審な老人が付近を行ったり来たりしていたそうです」

「不審な老人？」

「店主によると、明らかに士族らしかったということです。そして、その老人は杖を持っていたそうです」

「老人なんだから、杖をついていても不思議はあるめえ」

「杖をついていたのではなく、持っていたのだそうです」

「イギリスの紳士はみんな杖かコウモリ傘を持って歩いているんだそうだ」

岡崎は面食らって、思わず聞き返した。

「コウモリ傘を、ですか……？」

「そうよ。杖代わりに持っているんで、雨が降っても開かないんだそうだ。傘をきっちりと細く巻く業者までいるってんで、英国人はばかじゃないかと、黒猫先生はおっしゃっていた」

なるほど、黒猫先生から聞いた話なのか。

岡崎は気を取り直して言った。

「それに、歩くときに、その老人の上半身はまったく動じなかったそうです。ですから、杖など必要ないのです。剣術の手練れがそういう歩き方をするのですよね？」

「なるほどねえ……」

鳥居部長が言う。「剣術に長けた士族の老人か……。そんな人が杖を持っていたとなると……」

「仕込み杖じゃないかと、西小路が言ってました」

「なるほど、仕込み杖か……。それはあり得ねえこっちゃねえな」

葦名警部が鳥居部長に尋ねた。

「その不審な老人の線、当たってみますか？」

「そうさなあ……」

鳥居部長が天井を見て言った。「人員は限られているから、無駄弾は撃ちたくねえなあ……。不忍池のあたりで、そういう老人を見かけたってやつはいなかったんだろう？」

葦名警部がこたえた。

「そういう報告はありません」

それから部長は岡崎に尋ねた。

「おめえさんが直接話を聞いたんだ。どう思うか聞かせてくれ」

岡崎は思ったままを言うことにした。

「乾物屋の店主は、明らかにその老人のことを不審に思ったのでしょう。だから覚えていたのです。殺人現場の近くに、不審な人物がいたとなれば、当たってみるべきだと思います」

西小路もそう言っていた。

「わかった。当たってみてくれ」

鳥居部長のその一言で、会議が終わった。葦名警部が岡崎に言った。

「不審な老人の人相を、荒木、岩井、久坂の三人に教えるんだ。それが済んだら、私といっしょに、蔵田の取り調べだ。荒木たち三人は、麴町の現場付近で聞き込みだ」

岡崎は、言われたとおり、乾物屋の店主に聞いた老人の人相を、荒木たちに教えた。

ぎょろりと大きな目。

鋭い眼光。

厚い唇。

大きく張り出した耳。

それをノートに記録し終わった荒木が岡崎に言った。

「不忍池のほうでは、その老人を見たという者はいないと、葦名警部が言っていたな」

「ああ、それがどうかしたか」

「もしかしたら、老人と薬売りは同一人物じゃないかと思ってな……」

岡崎は苦笑した。

「おまえはいつまで薬売りの話をしているんだ」

「だって、気になるじゃないか」

「たぶん、西小路が調べてるよ」

「私立探偵にどこまでやれるかな……」

「いいから、早く聞き込みに行け」

荒木は、岩井、久坂と連れだって出かけていった。

岡崎は、留置所の係に蔵田を取り調べると告げ、葦名警部を呼びにいった。

二人が、暗くて陰気な取調室にやってくると、前回と同様に蔵田が机の向こうに座っていた。

葦名警部が机を挟んで蔵田と向かい合い、岡崎は記録席に座った。

葦名警部が質問を始める。

「高島先生に対して徒党を組んで反抗していたという件について、詳しく話を聞こうか」

蔵田はむっとした表情で言った。

「だから、言っているでしょう。徒党を組んだりはしていないと……」

「おまえが首謀者だと証言している者がおるのだ」

「だから、それが誰なのか聞かせてください。名前を聞けば、そいつがどうしてそんなことを言ったのか説明できるかもしれません」

「言い逃れの機会を与えるわけにはいかない」

「警察はやはり、やってもいない罪を押しつけるのですね。ならば、もう俺は何もしゃべりませんよ。このまま拷問されて殺されても何も言いません」

「巡査が下宿を訪ねたとき、おまえは二階の窓から逃げ出した。言い逃れはできんぞ」

蔵田はそっぽを向いた。

岡崎は、葦名が本当に蔵田の拷問を始めるのではないかと、はらはらしていた。葦名警部は決して熱くなることはない。冷静な表情のまま、淡々と相手を棒や鞭(むち)で打ち据えるのではないか。

実際にそういうことが過去にあったわけではないが、岡崎はついそんな想像をしてしまう。

そのとき、葦名警部が言った。

「市ノ瀬という学生だ」

蔵田が、「えっ」と反応した。

「おまえが、高島先生に反発する学生の中心だと証言した学生だ。知っているだろう」

蔵田は怪訝な表情だった。

「市ノ瀬……？　知りません」

「市ノ瀬士郎だ。知らぬはずはないだろう。おまえと同じく帝大文科大学の学生のはずだ」

「そうやっていもしない人間をでっちあげて、濡れ衣(ぬれぎぬ)を着せようというのですね」

この言葉に岡崎は困惑した。

葦名警部が尋ねた。

「本当に知らないというのか?」

蔵田がこたえる。

「知りません。聞いたことのない名前です」

嘘をついているわけではなさそうだ。蔵田はどうやら、本当に市ノ瀬を知らない様子だ。

これはいったい、どういうことなのだろう。

岡崎は、蔵田と葦名警部の後ろ姿を、交互に見つめていた。

9

「市ノ瀬士郎は、おまえと同じ文科大学の学生だと言っていたが、そうではないのか?」

　葦名警部が尋ねると、蔵田は顔をしかめた。

「そんなやつは知らないと言ってるでしょう。そいつが嘘をついているんです」

「なぜ嘘をつく必要があるのだ?」

「そんなことは知りません。そいつに訊いてください」

「嘘をついているのは、おまえのほうではないのか?」

　蔵田は、実に心外だというふうに目を丸くした。

「俺が言っていることが嘘か本当か、他の学生に訊いてみればいいじゃないですか。たぶん、誰も市ノ瀬なんていうやつは知りません」

　葦名警部はすぐに振り返って、岡崎に言った。

「後で、大学に行って調べることにしよう」

「わかりました」

「市ノ瀬がどんなやつだったか、詳しく聞かせてやってくれ」

「はい」

　岡崎は、蔵田に向かって言った。「年齢は、おまえと同じくらいだ。単衣(ひとえ)の着物に袴を着けた、いかにも学生という恰好だった。背はそれほど高くなく、どちらかというと痩せ型だ。前髪が眉毛のあたりほどの長さだった。眼が細く、稲荷神社の狐のような印象だった」

「稲荷神社の狐……」

蔵田は鸚鵡返につぶやく。

葦名警部が蔵田に尋ねた。

「何か思い当たることはないか?」

蔵田は首を捻った。

「いえ、そんなやつに心当たりはありません」

「嘘をついても、すぐにわかるぞ」

「ですから、俺が嘘をつく理由なんてないんです。そんなやつは、文科にはいません」

葦名警部はしばらくじっとしていた。後ろ姿なので、岡崎にはその表情を見ることができない。もし、見ることができても、何を考えているかわからないに違いないと岡崎は思った。

やがて、葦名警部が蔵田に言った。

「亡くなった高島先生について、詳しく教えてほしい。住まいはたしか、根津だったな?」

詰問口調ではなくなった。

葦名警部は、蔵田に対する疑いを解いたということだろうか。岡崎は、そんなことを考えていた。

蔵田が質問にこたえる。

「はい。根津にお住まいでした」

「一人暮らしだったんだな？」

「お一人でした」

「おまえの回りで、先生を殺害しそうなやつに心当たりはないか？」

「心当たりなんてありませんよ」

「最後に先生と会ったのはいつだ？」

「先週の水曜日のことですね。先週は普通に授業がありましたから……」

「授業で姿を見たのが最後ということか……」

「ええ、そうだったと……」

そこまで言って、蔵田はふと思い出したように言った。「そういえば、月曜日に後ろ姿をお見かけしました」

「後ろ姿……？　どこでだ」

「大学の正門を出たところです。ふと通りの先を歩く先生に気づきました。今週の月曜日のことです」

「……ということは、遺体が発見される二日前のことだな？」

蔵田が遺体と聞いて、沈痛な面持ちになった。

「そういうことになりますか……」

「何時頃のことだ？」

「授業が終わって帰宅するときのことですから、午後四時頃だったと思います」

「先生は一人だったか？」

「それが……」

蔵田は戸惑ったような顔になった。「妙なやつと連れだって歩いていたのです」

「妙なやつ……？」

「ええ。薬売りなんですよ」

岡崎は、はっと蔵田の顔を見た。

蔵田は、その岡崎の反応に驚いた様子だった。

葦名警部の声は、あくまでも落ち着いていた。

「薬売りといっしょに歩いていたというのか？」

「ええ。変な組み合わせじゃないですか。大学の先生と薬売りですよ。違和感を感じましたよ」

「二人は話をしていたのか？」

「どうでしょう。後ろ姿を見ただけなのでよくわかりませんが、たしかに並んで歩いていました」

蔵田が言うとおり、薬売りと大学の教師という組み合わせは奇妙だ。まあ、世の中にはいろいろなことがあるから、二人が幼馴染み（おさななじ）だったということもあり得るかもしれない。

だが、警察官はそれでは納得しない。奇妙な組み合わせには、必ず何か理由があるはずだ。そう考えるのが警察官だ。

荒木の勘が当たっていたのかもしれない。だとしたら、さすが角袖（かくそで）だ、と岡崎は思った。

「薬売りの人相は見たか？」

「いいえ。二人の後ろ姿を見ただけですから……」

「どうしてそれが、薬売りだと思ったんだ？」

蔵田は眉をひそめた。

「それは、どういうことです？　薬売りは薬売りでしょう」

「後ろ姿を見ただけなんだろう？」

「大きな四角い荷物を風呂敷に包んで担ぎ、鳥打ち帽をかぶっていましたよ。そんな恰好で歩いているのは、薬売りくらいのものでしょう」

なるほど、その恰好を見れば誰でも薬売りだと思うだろう。

葦名警部の言葉が途切れた。何事か考えている様子だ。

「あの……」

岡崎はどうしても確認したいことがあり、思い切って声をかけた。

葦名警部が振り向いた。

「何だ？」

「一つ質問してよろしいですか？」

「ああ。かまわん」

岡崎は蔵田に尋ねた。

「その薬売りの年齢だが、どれくらいだった？」

「年齢……。さあ、わかりませんね。後ろ姿を見ただけだと言ってるじゃないですか」

「おおよそのことでいいんだ。若かったか、老人だったか……」

「老人の薬売りなんて聞いたことがありませんね。山を越えて日本中を旅するのでしょう？」

「今どきは、汽車に乗ったりもするだろう」

「それでも、あれだけの荷物を背負って歩き回らなければならないのです。老人ということはないでしょう」

「歩く姿はどうだった？」

「どうだったと言われても……」

「歩き方で、人の素性はだいたいわかるものだ。その薬売りはどんな歩き方だった？」

「どうって……。別に変わったことはなかったと思いますけど……」

「足取りはしっかりしていたんだな？」

「しっかりしていましたよ。重い荷物を背負ってふらつくこともなく普通に歩いていましたからね」

「では、老人ではないということだな？」

「老人ではなかったと思います。そう言えば、鳥打ち帽からのぞく髪は黒々としていました」

「それは確かだな？」

「ええ、間違いないですよ」

「そうか……」

葦名警部が言った。

「他に訊くことがなければ、取りあえず尋問を終わりにするが……」

それを聞いて蔵田が言った。

「取りあえずって……。俺はまだ帰してもらえないんですか？」

「おまえが高島先生を殺害したのではないことはわかったが、まだ放免というわけにはいかない。社会主義者の集会に出たと言っていたな。そのあたりのことについても話を聞かなければならないかもしれない」

蔵田はまた不安そうな表情に戻った。

「俺は社会主義者じゃありません」

「まあ、それも調べればわかることだ」

葦名警部の声音は冷徹だった。

だが、本気で蔵田を追及しようとしているわけではないことが、岡崎にはわかっていた。葦名警部の責めは情け容赦がない。だが、理不尽なことはしない。

岡崎は言った。

「もう訊くことはありません」

葦名警部がうなずいて立ち上がった。

「どうしてあんな質問をした？」

一課の部屋に向かって廊下を急ぎながら、葦名警部が岡崎に尋ねた。

「荒木が言ったことが気になりまして……」

「荒木が何を言った」

「麴町の現場近くで目撃された士族風の老人と薬売りが、もしかしたら同一人物ではないか、と……」

「なぜそんなことを……」

「荒木は、ずっと薬売りのことを怪しいと言っていたのです」

「なるほど……」

一課に戻ると、葦名警部はすぐさま薬売りのことを鳥居部長に報告した。

眠そうな顔で話を聞いていた鳥居部長は、表情を変えずに言った。

「薬売りが高島先生とねえ……」

葦名警部が言った。

「第一発見者も薬売りであることを考え合わせますと、なんとしても探しだして話を聞きませんと……」

鳥居部長は、眠そうな半眼のまま言う。

「言っただろう。薬売りのことは保留だ」

「しかし……」

「おめえさん、あんまり俺を困らせるもんじゃねえぜ」

葦名警部は何も言い返せなかった。

なぜだろう。

岡崎は不思議に思っていた。

今の話を聞いて、鳥居部長も薬売りが怪しいと思ったはずだ。なのに、捜査をしてはいけないと言う。

鳥居部長は、薬売りが何者か知っているのだろうか。知っていて、調べを止めているのか……。

「わかりました。もう一つ、お知らせしておかなければならないことがあります」

「何でえ？」

「蔵田のことを警察に告げた市ノ瀬士郎という学生ですが、蔵田はそんなやつは知らないと言っております」

「嘘じゃねえのか？」

「どうやら嘘ではないようです」

「ふうん……。おめえさんがそう言うなら、間違えねえだろうな……。じゃあ、そいつはいったいどういうことなんだ？」

「調べが必要だと思います」

鳥居部長は、岡崎に尋ねた。

「おめえさんが、荒木といっしょに、その市ノ瀬という学生から話を聞いたんだな？」

「はい、そうです」

「怪しい様子はなかったのかい？」

「話を聞いているときは何も感じませんでしたが……」

「でしたが……？　何か思い当たる節があるのかい」

「市ノ瀬がなぜ、被害者が高島先生だと知っていたのか、と思いまして……」

「向こうから話しかけてきたんだったな？」

「そうです。我々が昼飯を食べ終わったところにやってきて……」

「昼飯……」

「はい、荒木と二人で本郷の定食屋に入りました。そこで市ノ瀬が話しかけてきたのです。どうやらそのときにはすでに、被害者が高島先生だと知っているような様子でした。亡くなったのは、帝大の教師だと聞いたのだが、本当か、と尋ねられました」

「昨日のことじゃ、まだ新聞にも出てねえ」

「現場で新聞記者が大声で質問していたでしょう。それで町の噂(うわさ)にでもなったのかと思っていました」

「どうだろうねえ……」

「突然、高島先生の授業が休みになったので、学生の間で殺されたのは高島先生ではないかと噂になっている、とも言っていました」

「噂か……。いずれにしろ、根拠が曖昧(あいまい)だな。他の理由で、死んだのが高島教師だと知っていたのかもしれねえ……」

「他の理由……」

「たとえば、そいつが殺した、とかさ……」

岡崎は驚き、そしてうろたえた。

もしそうなら、自分は殺人犯の偽の申し出を真に受け、まんまと取り逃がしたことになる。

岡崎が唇をかんでいると、鳥居部長が笑った。

「冗談だ。本気にするな」

「はあ……」

葦名警部が言った。

「しかし、その可能性もありますね」

鳥居部長が葦名警部に聞き返す。

「向こうから岡崎たちに話しかけてきたんだぜ。なんでそんなことをする必要がある？」

「捜査の攪乱（かくらん）でしょう。事実、我々はそいつの言葉を信じて、蔵田を逮捕したのです」

鳥居部長はしばらく考えてから、岡崎に尋ねた。

「その市ノ瀬って野郎は、おめえさんたちが定食屋に入っていったときには、すでにそこにいたのかい？」

そう尋ねられて岡崎は首を捻った。

「さあ、どうだったでしょう……。昼飯を食うために入っただけですから、他の客のことは、あまり気にしませんでした」

「大切なことなんだ。思い出してみなよ」

岡崎は記憶をたどった。あの定食屋に入ったときのことを頭に思い描いてみる。

「私たちより後に入ってきたと思います」

「なるほどねえ……。なら、葦名が言うように、捜査の攪乱を狙ったということも、充分に考えられるな」

岡崎は尋ねた。

「どういうことでしょう……」

「おめえさんたちより先に、市ノ瀬が店の中にいたとしたら、たまたま出っくわしたってことだろう。だが、後から入って来たのなら、尾行されていたのかもしれねえ」

岡崎は驚いた。

「警察官が尾行されたというのですか？」

「捜査の攪乱を目論むようなやつだとしたら、それくらいやってもおかしかねえだろうぜ」

「市ノ瀬はいったい、何者なんでしょう……」

「おいおい、そいつを調べるのが、おめえらの仕事だろう」

そのとおりだ。

岡崎は葦名警部に言った。

「私は、蔵田が言ったように、帝大に行って、彼の同級生に、市ノ瀬のことを尋ねてみようと思います」

「私も行こう」

華名警部と二人で聞き込みとは緊張するな……。

岡崎はそう思ったが、そんなことはおくびにも出せない。

「おう」

鳥居部長が言った。「華名が行くなら安心だ。いい知らせを待ってるぜ」


朝の早い時間は晴れていたが、岡崎と華名警部が帝大に着く頃には、なんだか雲行きが怪しくなってきた。

夏の通り雨でも来るのだろうか。もし、そうなれば、この暑さも少しはやわらぐかもしれないと、岡崎は思った。

午前十一時過ぎに帝大に着き、華名警部は帝大の事務局に行き、文科の学生に話を聞きたいと申し入れた。

洋装で、口髭を生やし、丸い眼鏡をかけた男が応対した。小柄で丸顔のその口髭の男は、表情を曇らせて言った。

「高島先生のことですか?」

「そう。それに関連して、聞きたいことがある」

「文科の学生といっても、大勢います。誰に話を聞きたいのでしょう……」

男は困った顔になって言った。葦名警部は、相手がどう思おうが、いっこうに気にした様子はない。

「蔵田という学生と同じ学年の者がいいと思います」

「ああ、蔵田ですか……」

「手始めに、何人か呼んでいただきたい」

「わかりました。今、授業中かもしれませんが……」

「殺人事件の捜査だ。すぐに呼んできてくれ」

居丈高な言い方だと岡崎は思った。見ていてちょっと気が引ける。だが、もともと警察は高圧的なものだ。こうして強気で相手にはっきりと要求することが大切なのだと思うことにした。

「わかりました。こちらに腰かけてお待ちください」

部屋の隅に置かれている木の椅子を示された。あまり座り心地はよくなさそうだ。

葦名警部が言った。

「いや、このままでけっこう」

丸顔に口髭の男は、慌てて廊下に出て行った。そのとき、雷が鳴った。

最初にやってきた学生は、小池(こいけ)と名乗った。葦名警部は、座り心地の悪そうな椅子に小池を座らせ、立ったまま質問した。

「蔵田は知っているか?」

小池は、不安そうにこたえた。

「ええ、知っておりますが……」

「蔵田が逮捕されたことは？」

「下宿の女主人から聞きました」

「では、市ノ瀬という学生は知っているか？」

「イチノセですか……。いえ、知りません」

「文科に市ノ瀬という学生はいないということか？」

「他の学年のことはよく知りませんが、市ノ瀬という名前は聞いたことがありません。たぶん、文科にはおりません」

蔵田が言ったとおりだった。

葦名警部はやはり表情を変えない。

「殺された高島先生だが、学生たちの評判はどうなのだ」

「どうって……。理論的でなおかつ情熱的です。いや……。でした、と言うべきですね」

「日本の公用語をドイツ語にすべきだと言っていたらしいな」

「ドイツはとても合理的で、日本はその合理主義を学ばなくてはならないとおっしゃっていました」

「蔵田は、ハーン先生に心酔していたようだな」

「ヘルン先生は、私も大好きでした。外国人なのに日本に帰化されて、古来の日本のよさをしみじみと語ってくださいました。それを聞きながら私たちは、日本に生まれた誇りを感じたものでした」

「ハーン先生は、高島先生とは正反対だな。ハーン先生に心酔した者は、高島先生に反発を抱いていたのではないか?」

「そういうのは、どちらが正しくて、どちらが間違っているというものではないと思います」

さすがは帝大文科の学生だ。うけこたえがしっかりしている。

「わかった。行っていい」

葦名警部が言うと、小池は走るようにその場を去っていった。自分も逮捕されるのではないかと恐れていたのだろう。

それから、さらに二人の学生に話を聞いた。やはり、市ノ瀬という学生は知らないと言う。葦名警部が同じ質問をし、同じようなこたえが返ってきた。

四人目の学生の名は菅井(すがい)といった。

彼も市ノ瀬を知らないという。高島先生やハーン先生の評判についても同じようなこたえだった。

葦名警部が質問を終えようとするとき、菅井はぽつりと言った。

「ヘルン先生なんかと比較しちゃだめですよ。高島先生は、山縣(やまがた)系なんですから……」

葦名警部が、その一言に反応した。

10

「山縣系とは、どういうことだ？」

その表情は厳しかった。

岡崎も菅井のつぶやきに驚いていた。

山縣というのは、山縣有朋のことに間違いなかった。一線を退いたとはいえ、今でも隠然と絶大な権力を誇っている。政界や官僚たちを陰で操っていると言ってもいいだろう。

菅井は、はっとした顔になった。つい余計なことを言ってしまった。そう思ったに違いない。

彼がこたえないので、葦名警部がさらに尋ねた。

「こたえるんだ。今言ったのはどういう意味なのだ？」

菅井は、ちらりと口髭を生やした丸顔の男を見た。大学関係者には聞かれたくない話なのだろう。

男との距離は充分にあり、話を聞かれる心配はなさそうだが、ふとしたはずみで、何を話しているのか知られてしまうこともある。

葦名警部は菅井に言った。

「ここで話したくないのなら、警視庁まで来てもらうことになるが……」

菅井は青くなった。

「別に話したくないわけじゃないんです。ただ、誤解されたくないんです」

「どういう誤解だ？」

「私が社会主義者だとか、政府転覆を目論んでいるだとか……」

「そうなのか？」

「とんでもないですよ。私は真面目な学生です」

「本当に真面目な者は、自分のことを真面目だなんて言わないものだ」

「政治運動に気を取られたりしていない、ということです」

「聞きたいのは高島先生のことだ。山縣系というのはどういうことだ？」

菅井は声を低くして言った。

「建部遯吾(たけべとんご)教授はご存じですか？」

「名前だけは聞いたことがある」

岡崎も名前は知っていた。帝大文科大学の社会学という新しい学問の教授で、日露戦争の強力な開戦論者だった。何度も講演会を開き、新聞・雑誌に寄稿して、開戦を訴えた。

「高島先生は、建部教授と近しかったのです。ドイツつながりです」

「ドイツつながり……？」

「ええ。建部教授は、ドイツのベルリン大学に留学されていましたから……」

「ほう……」

「高島先生は、建部教授の情熱的なところに惹(ひ)かれていたご様子でした。ですから、ドイツ文学をご指導なさるかたわら、建部教授の社会学研究室にも参加されていました」

「なるほど……。それで、山縣有朋か……」

葦名警部は納得したようにつぶやいたが、岡崎にはどういうことなのかさっぱりわからなかった。

菅井はいっそう声をひそめた。

「高島先生は、権力におもねるようなところがありましたからね……」

「それについて、君は批判的だったということだな？」

菅井は慌てた様子で言った。

「別に批判的というわけでもありません。寄らば大樹の陰、とも言います」

「山縣侯爵なら、充分な大樹だな……」

葦名警部はそうつぶやくと、菅井に言った。「行っていいぞ」

菅井は一瞬きょとんとしたが、やがて、他の学生たち同様に急いでその場を去って行った。


帝大を出ると、岡崎は葦名警部に尋ねた。

「建部遯吾教授に近しいからといって、どうして山縣系ということになるのですか？」

葦名警部は、真っ直ぐ前を見ながら言った。

「そういう話を外でしてはいけない。どこで誰が聞いているかわからないのだ。物陰に新聞記者が潜んでいないとも限らん」

「はっ。申し訳ありません」

「警察官にとって好奇心は大切だ。だから、質問することはよろしい。帰ったら話してやろう。いや、きっと鳥居部長が話してくださるだろう」

「わかりました」

それから警視庁に戻るまで、葦名警部は一言もしゃべらなかった。これはいつものことなので、岡崎は気にしなかった。

本人も、東北出身者は口が重いから気にしないでくれと言っている。

それでも、彼の下についたばかりのときは、もしかしたら嫌われているのではないかと不安になったものだ。周囲に聞くと、誰に対してもそうだと言うのでほっとした。

警視庁に戻ると、すぐに葦名警部とともに鳥居部長に報告に行った。こういうときは必ず、服部課長もやってきて、いっしょに報告を聞く。

話を聞き終わると、鳥居部長が言った。

「そうか……。市ノ瀬ってのは、偽学生だったということか……。こりゃ、やはり捜査の攪乱を狙ったってえことなのかもしれねえな」

葦名警部はさらに言った。

「高島教師は、建部教授と近しかったと言う者がおりました」

「建部って、あの建部遯吾かい？」

「そうです。それで、高島教師は山縣系だと……」

「なあるほどねえ……」

鳥居部長は、じっと葦名警部を見つめた。「それでおめえさんは機嫌が悪いんだね？」

えっ、と岡崎は思った。葦名警部は機嫌が悪かったのだろうか。いつも無口なので、気づかなかった。

言われてみれば、そうかもしれない。帝大を出て山縣系について質問したとき、そういう話は外でするなと叱られたが、もし機嫌がよければ、その場で説明してくれたのではないだろうか。

「機嫌が悪いなんてことはありません」

「俺にそんなことを言っても通用しねえよ。おめえさんは、山縣の名前を聞くと、決まって機嫌が悪くなるんだ」

葦名警部は眼をそらして言った。

「東北の出ですからね」

岡崎にもこの一言は理解できた。彼も米沢の出身だ。

山縣有朋は長州出身で、政界や軍、官僚の世界に着々と長州閥を築いてきたのだ。

東北の人間にとって薩長への怨みや憎しみは、骨の髄まで染みこんでいる。

山縣有朋は軍人だが、内務大臣を経て総理大臣になった。総理大臣は二度経験している。明治三十三年（一九〇〇年）に退陣したが、現在の総理大臣、桂太郎は、長州閥で軍閥。つまり、山縣有朋の直系だ。

「あの……」

岡崎は尋ねた。「高島教師のことですが、建部教授と近しいと、どうして山縣系ということになるのですか?」

服部課長が言った。

「私にも、そのへんのことがわかりませんね」

鳥居部長はいかにもつまらない話をするような顔で言った。

「第二次山縣内閣のときのことだそうだ。ある政府の役人がな、社会学を社会主義のための勉強と勘違いして、即刻禁止すべきだと、山縣首相に具申したそうだ。そのとき、山縣はこう尋ねた。いったい、どこで誰が社会学をやっているのか、と。役人は、帝大文科で建部遯吾がやっている、とこたえた。すると、山縣はこう言ったそうだ。建部がやっているならいいじゃないか。それで、建部は帝大文科で社会学を教えはじめたということだ」

服部課長が感心したような顔で言った。

「ほう。建部というのは、たいした学者だったのですね」

「……というより、山縣とべったりだったんだろうよ」

「べったり……」

「建部遯吾は、ドイツのベルリン大学に留学していた。当時ベルリン大学には社会学の講座がなかった。にもかかわらず、留学先にドイツを選んだんだ。一方、山縣は、ドイツの宰相ビスマルクと、参謀総長大モルトケにぞっこんだった。ドイツ好きは、初代内務卿(ないむきょう)の大久保利通(おおくぼとしみち)もそうだがな……。大久保は、プロイセン時代のドイツを手本に国作りをしようとした。薩摩の大久保がドイツを手本に国作りの道筋を作り、同じくドイツのビスマルクに憧れていた長州の山縣がそれを受け継いだと言ってもいい。この国はな、今や山縣のものだよ。建部は、その山縣に気に入られていた」

「ははあ……」

服部課長が言った。「ドイツでつながっているわけですね」

「それだけじゃねえよ。建部は、強硬な開戦論者だった」

「日露開戦の……」

「そいつぁ、山縣にとって都合よかったんだ」

「なるほど、それで山縣は建部教授に目をかけていたということですね？」

「建部教授にとっても、山縣に近づくことは都合がよかっただろうよ。大学に新しい学問の研究室を作ろうってんだからな。なにかよっぽど有力な後ろ盾がなけりゃあな」

服部課長が驚いたように言った。

「新しい学問の研究室を、ですか？」

「社会学研究室ってのを作ったって話、聞いたことがあるぜ」

岡崎も鳥居部長のこうした知識に驚いていた。

服部課長が言った。

「その建部と近しかったということは、高島教師も山縣侯爵の一派と見ていいということですね」

「当然そうなるだろうな。そして、高島だってそれを望んでいるはずだ」

「どうしてです？」

「帝大の大切な人事は文部省が決める。文部省は内務省の支配下にある」

「まあ、内務省は文部省に限らず、何でも支配しようとしますからね。この警察だって内務省の傘下ですし、全国の県知事は内務省が決めるんですから……」

服部課長が言うとおり、今の世の中、何でもかんでも内務省なのだ。それは岡崎も充分に承知していた。

鳥居部長がさらに言った。

「そして、その内務省を事実上牛耳っているのは、山縣系だ。つまり、山縣は大学の人事も思いのままってえわけだ」

服部課長がうなった。

「そりゃあ、大学の先生たちは山縣侯爵に近づきたくなりますね」

「しかしまあ……」

鳥居部長が、しみじみとした口調で言った。「なんともきな臭くて窮屈な国になっちまったもんだよなあ。葦名じゃねえが、薩長のやつらがこんな国にしちまったんだよなあ」

服部課長が慌てた様子で言った。

「ここであまりそういうことをおっしゃらないほうが……」

鳥居部長が言った。

「ふん、かまうこたあねえよ。おいらのクビを切れるもんなら、切ってみろってんだ。おう、なんだか、葦名の機嫌の悪さがうつっちまったようだぜ」

葦名があくまでも冷静な態度で言った。

「ですから、私は別に機嫌が悪いわけではありません」

鳥居部長がそれにかまわずに続けた。

「ドイツの真似事（まねごと）だって言うが、大久保が真似しようとしたプロイセンなんて、もう過去の話だし、山縣が心酔しているビスマルクや大モルトケだって、失脚したし、すでに死んじまってるんだぜ。今さらそんなものを真似してどうする」

服部課長だけでなく、岡崎もはらはらしていた。内務省管轄下の警視庁で、さすがにこの話はまずい。

だが、その一方で、東北出身である岡崎は、鳥居部長が薩長閥を批判することを小気味よく思っていたのも事実だ。

「おいら、ちょっと出かけてくるぜ」

突然、鳥居部長が言った。

服部課長は、ほっとしたような表情で言った。

「どちらへ行かれますか？　お供は……？」

「供はいらねえ。ちょっくら、黒猫先生のところに行ってくらあ。おまえたちは、高島先生が死ぬ前にどんな連中と会っていたか調べるんだ。そして、市ノ瀬と名乗ったやつを探せ」

葦名警部がこたえた。

「わかりました」

鳥居部長が立ち上がった。

「頼んだぜ」

彼はサーベルを腰に下げて、一課をあとにした。


葦名警部が、また蔵田を取調室に呼び出した。岡崎はそれに立ち合った。蔵田はまだ手を縛られている。葦名警部が係の巡査に言った。

「縄を解いてやれ」

蔵田が期待と不安の入り混じった顔で、葦名を見ている。

葦名警部が言った。

「おまえは放免だ。帰っていい」

蔵田は、心底ほっとした顔になった。

「このまま殺人犯にされてしまうのかと思っていました」

「帰る前に訊きたいことがある」

蔵田は自由になった手で手首をこすりながら言った。

「何でしょう?」

「月曜日に高島先生を見かけたと言ったな?」

「はい」

「そのとき、薬売り風の男といっしょだったのだな？」

「薬売り風の男？　薬売りじゃないんですか？」

「確認できていない場合、警察ではそういう言い方をするんだ」

「ははあ……」

「高島先生は、それ以外に誰かと会わなかったか？」

「わかりません。ちらりと見かけただけですから……」

「高島先生が親しくしていた人たちを教えてくれ」

「親しい人ですか？　さあて、個人的なことはあまりお話しにならない方でしたから……」

「話はしなくても、見ていればわかるだろう」

「そうですね……。学内では、よくケーベル先生とお話をされていたようですが……」

「ケーベル先生？」

「はい。文科で哲学や西洋古典学を教えておいでです。美術についても講義されています。ラファエル・フォン・ケーベル先生です」

「フォン・ケーベルということは、ドイツ人か？」

「いえ、お生まれはロシアだということです。ドイツ系ロシア人ですね。でも、ドイツの大学を出られて、ベルリン大学や、ミュンヘン大学などで教鞭（きょうべん）を執られたということですから、ほとんどドイツ人と変わらんでしょう」

「ケーベル先生か……。ドイツ文学を教えていた高島先生が、ドイツと縁のある外国人と親しくしていたとしても、何の不思議もないな」

「そうですね。わからないことは素直に質問されていたようです。どんなに勉強しても、その国で生まれ育った人にはかなわないことがあります」

「ケーベル先生は、ドイツで生まれ育ったわけではないのだろう?」

「でも、お父さんがドイツ系だし、ドイツの大学を出られて、ドイツで教鞭を執られていたのですから、ドイツ語が母国語のようなものです」

　葦名警部はうなずいてからさらに質問した。

「高島先生は独身で一人暮らしだということだったな」

「はい、そうでした」

「親しい女性はいなかったのか?」

「さあて、学生の私には、そういうことは……」

「学生だからこそ、わかるのではないか。教師にそういう人がいれば、噂になるだろう」

　蔵田は、しばらく迷っている様子だったが、やがて言った。

「親しいというか、先生が熱を上げている女性はいたようですね」

「その女性の素性は?」

「さる子爵の娘さんです。女子高等師範学校に通われています」

「女学生か」

「ええ、ずいぶん入れ揚げていたようですが、なにせ年の差が……」

「高島先生は三十八歳だったな……」

「そのお嬢さんが下校されるところを狙って、会いに行ったりしていたようです」

「その女性の名前は？」

「城戸（きど）喜子（よしこ）さんです」

「城戸子爵の娘さんか……」

「そうです」

葦名はしばらく考えた後に、蔵田に言った。

「よろしい。帰っていいぞ」

「このまま警視庁を出て行っていいのですか？」

「ああ、そうだ」

蔵田は、席を立ち、何か言いたそうにしていたが、結局何も言わず取調室を出て行った。

葦名警部が言った。

「会いに行ってみよう」

岡崎は尋ねた。

「誰にですか？」

「ケーベル先生と、城戸喜子さんに、だ」

11

昼過ぎに降りだした雨は激しさを増して、道はあちらこちらがぬかるんでいた。レンガや石畳で舗装されているのは街中のごく一部でしかない。多くの道は未舗装だ。そこに馬車や自動車が通ると、深い轍（わだち）が残る。

再び帝大にやってきたときには、岡崎の革靴はすっかり泥まみれになっていた。警視庁に戻ったらすぐに拭（ふ）き取り、磨き上げておかなければならないと思った。警察は軍隊と同じくらいに身だしなみに厳しい。

葦名警部と岡崎の顔を見ると、事務局の口髭（くちひげ）を生やした丸顔の男は目を見開いた。

「まだ学生に何かご用ですか」

「いや」

葦名警部は平然と言った。「今度は教師に用がある」

「どの教師でしょう？」

「ケーベル先生にお会いしたい」

事務室の男は、迷惑そうな顔で言った。

「先生の都合をうかがってみますがね……」

葦名警部は無表情なままで言った。

「都合を訊いてはいない。話を聞きに来たんだ」

男は毒気を抜かれたような顔で歩き去った。そのまままずいぶんと待たされた。

ようやく戻って来た丸顔の男が言った。

「教員室のほうに来てくれということです。ご案内いたします」

葦名警部は鷹揚にうなずいた。公務ではこのように居丈高になるが、普段はどちらかというとひかえめな性格であることを、岡崎は知っていた。

案内されたのは、個室だった。ケーベルは教授なので個室を与えられているらしい。彼は大柄で、彼が使っている机はその体に対していくぶん小さめに見えた。窓を背にして座っている。その窓から大粒の雨が大学構内の木々に降り注いでいるのが見えた。

「どうぞ、おかけください」

ケーベルは流暢な日本語で言った。それに対して、葦名警部は事務的にこたえた。

「いいえ、このままでけっこうです」

ふさふさとした見事な白い鬚をたくわえたケーベルはうなずいてから言った。

「私に何か訊きたいことがあるということですね？」

「亡くなった高島先生について調べています」

とたんにケーベルの表情が曇った。

「たいへんに悲しいことです。そして、殺されたというのは恐ろしいことです」

「高島先生とは親しくされていたということですね？」

「はい。よく話をしました。高島君はとても勉強熱心でした」

「どんな話をなさいましたか?」

ケーベルは戸惑ったような表情を浮かべ、それから肩をすくめた。

「いろいろな話をしましたよ。世間話もしました」

「高島先生はドイツ文学を教えておいででしたから、そういう話題も少なくなかったでしょうね」

「そう。私はロシアで生まれ育ちましたが、父がドイツ人でしたし、ドイツの大学で学びましたから、高島君の質問にもこたえることができました」

「高島先生は、ドイツ文学について、どんな質問をされましたか?」

「言葉の用法について私に尋ねることが多かったですね。意味は通じるが、そんな言い方はしない、というようなことがあり、それはその言語を母国語とする者にしかわからないものです」

ケーベルの話し方は理知的だった。声は低くよく響き、実に魅力的だった。

葦名警部の質問が続いた。

「高島先生は、日本の公用語をドイツ語にすべきだと主張されていたようですが、それについてはどうお考えですか?」

「公用語の一つとすることは充分に検討に値すると思いますよ。日本語とともにドイツ語を使うというのも選択肢の一つだと思います。実際、ヨーロッパでは複数の公用語を持つ国がありますす」

「実際、あなたはロシア語、ドイツ語、英語そして日本語を話されるわけですからね……」

「はい。ドイツ語を学ぶことで、ヨーロッパの合理主義を身につけることができると、高島君は考えているようでした」

「実際のところはどうなのでしょう?」

「実際のところ?」

「言語を学ぶことで、合理主義を本当に理解することはできるのでしょうか」

「一般的には無理でしょうね」

ケーベルはあっさりと言ってのけた。

「無理ですか」

「そう。ヨーロッパの合理主義は長い歴史を経て培われたものです。風土や気候といった要因も大きく影響しているでしょう。国民性の違いというのは、単に言語だけの問題ではありません」

「では、あなたは高島先生の主張をお認めにならないということですか?」

「たしかに、高島君はあまりに性急だったかもしれませんね。人間は生まれ育った国を忘れられるものではありません」

「あなたもそうなのですか?」

「日本に住んで十二年になりますが、私はずっとドイツ系ロシア人です。この大学ではそれが求められているのです」

「それが求められている……?」

「そうです。西洋の技術や文化を学ぶことが、今の日本にとって急務だと政治家が考えている。つまり、私が外国人であることが重要なのです」

「なるほど……」

「日本古来の文化は、古くて役に立たないものと切り捨てられていきます。それを惜しむ外国人もいるのです」

「あなたもそうなのですか？」

ケーベルはかぶりを振った。

「そうですね。たしかに私は日本の風土や文化を敬愛しています。しかし、愛しすぎないように注意しています。日本を深く理解して、愛した外国人は不幸になります」

葦名警部は怪訝（けげん）そうな声を出した。

「不幸に、ですか……」

「そう。昨年亡くなったラフカディオ・ハーンのように」

「ヘルン先生ですね？」

「そう。彼は日本の伝統文化を愛し、日本に帰化しました。しかし、今の日本に必要なのは彼のように日本古来の文化を愛する人ではありません。西洋の学問や技術、文化、制度を専門的に教えてくれる人なのです」

「それで、ヘルン先生は大学を追われることになったわけですか」

その代わりに黒猫先生が英文学を教える職に就いたのだ。

ケーベルは悲しげに言った。

「それが文部省の方針であり、つまりは国の方針ということです。日本は今、まったく別の国になろうとしているのです」

「高島先生のような方は、そうした日本の方針に合っていたということになるのでしょうか」

ケーベルはしばらく考えてから言った。

「そうですね。高島君は主流派に属していたかもしれません」

「高島先生の私生活をよくご存じでしたか?」

「大学の同僚ですからね。まあ、ある程度は……」

「誰が高島先生を殺したか、心当たりはありませんか?」

「ありませんね。我々は研究者であり教育者です。殺される理由などないはずです」

「個人的な問題はどうです? 例えば、男女の問題とか……」

「男女の問題……」

ケーベルは考え込んだ。

「高島先生はある女性に思いを寄せていたという話があります」

「まあ、その話は彼の知り合いだった人は誰でも知っているでしょうね」

「お相手は、城戸子爵のご令嬢で、まだ学生だとか……」

「女子高等師範学校に通われているそうです」

「二人はお付き合いをされていたわけではないのですね?」

「そうです。高島君が一方的にお近づきになろうとしていたようですね」

「それについて、何か騒動が起きたりというようなことはありませんでしたか？」

「さあ……。私はそれほど高島君の私生活には詳しくありません。プライヴァシーは大切です」

「プライ……？」

「ああ、他人が尊重すべき個人の事情といいますか……。日本語には適当な訳語がありません」

「つまり、あまり他人のことに立ち入らないということでしょうか」

「そう。私は高島君の恋愛事情については関心がありませんでした」

「何か噂をお聞きになったこともないということですね？」

「聞いたことはありません」

葦名警部は質問を終えた。礼を言うと、ケーベルの教員室を出た。

雨はまだ激しく降っていた。また雷が鳴った。

この雨の中移動するのはおっくうだなと、岡崎は思っていた。

ここ数年で、電車の路線があちらこちらに伸びてずいぶんと便利になった。とはいえやはり雨の中を歩き回るのは気が滅入る。葦名警部は、そういうことにはまったく頓着しない様子だ。

文科大学を出ようとするとき、岡崎は言った。

「もう少し小降りになるのを、ここで待ってはいかがでしょうか？」

すると葦名警部は言った。

「空が明るい。じきに雨は止む」

そして、土砂降りの中、傘もささずに歩み出した。岡崎は仕方なく、その後を追った。

葦名が言ったとおり、それからほどなく雨は小降りになり、やがて上がった。そればかりか、街鉄で本郷三丁目から半蔵門に向かう間に雲が晴れて青空が顔を出した。

葦名はこの天気の変化を見越していたのだろうか。天気だけではない。葦名はいろいろなことを先読みしているように、岡崎には思える。

二人が半蔵門にやってきたのは、麹町区一番町にある城戸子爵邸を訪ねるためだ。雨は上がったが、道はぬかるんでおり、いたるところに水たまりができている。

その水たまりに近所の人が灰を撒いている姿が見える。

「昨夜の殺人事件の現場と近いですね」

岡崎が言うと、葦名警部は真っ直ぐ前を向いたまま、ただ一言「そうだな」と言った。

岡崎は、ただの偶然だろうと思っている。城戸子爵やその子女が殺人に関与しているとは思えない。

やがて、葦名警部が足を止めた。

「ここだな」

瀟洒な洋館の前だった。もともと屋敷町だったこともあり、周囲は和式の家屋が圧倒的に多い。

その中で、薄緑色のペンキを塗った洋館は目立った。

その家を囲むのは、一般的な生け垣ではなく、ヨーロッパ調の鉄柵だった。門も同様だ。葦名警部は、まったく躊躇する様子もなくその門を開けて、邸宅の敷地に足を踏み入れた。

門から玄関に続く飛び石はそれほど長くはなかった。敷地自体があまり広くはない様子だ。

玄関のドアの脇に紐がぶらさがっている。葦名警部がそれを引くと、ドアの向こうでかすかに鐘の鳴る音が聞こえた。

ほどなくドアが開き、中年の女性が現れた。和服の上に洋風のエプロンを着けている。カフェの女給のような恰好だなと、岡崎は思った。女中だろう。

彼女は、葦名警部と岡崎の制服姿を見て驚いた様子だった。

「何かご用でしょうか」

葦名警部がこたえた。

「城戸喜子さんに、お話をうかがいたい」

「お嬢様が何か……」

「殺人事件に関する質問だ」

「殺人事件……」

「ご本人に直接お話ししたいのだが……」

「お嬢様はまだ、学校からお戻りではありません」

「いつ頃お戻りか？」

「そろそろかと存じますが……」

「では、待たせていただこうか」

「あの……。奥様にうかがってみないと……」

葦名警部がうなずくと、女中はすぐに奥に引っ込んだ。しばらくすると、和服姿の女性がやってきた。年齢は五十歳くらいだろう。子爵夫人に違いなかった。

「喜子にご用ということですが……」

「殺人事件に関してお尋ねしたいのです」

「喜子がお尋ね者だという意味ですか？」

「いえ、そうではありません。被害者のお知りあいだということなので、お話をうかがいたいのです」

子爵夫人は、葦名警部に負けず劣らず表情を変えない。

「被害者というのは？」

「帝大文科大学の高島先生です」

子爵夫人の左の眉（まゆ）が上がった。

「高島……。あの恥知らずですか」

「恥知らず……」

「何度も待ち伏せをされたと、喜子が申しておりました」

「待ち伏せをね……」

「はい。下校時間に、学校の外で……。文（ふみ）を渡されたこともあったということです」

「それについて、お嬢さんは何と……？」

「迷惑しているに決まっているじゃないですか。娘は十八です」

高島は三十八歳だった。二十歳違いとなれば、たしかに年齢が離れすぎているかもしれない。世間からはまっとうな恋愛とは見られないだろうと、岡崎は思った。

「とにかく」

葦名警部が言った。「直接お話をうかがいたいので、ご帰宅を待たせていただきたい」

子爵夫人は、何か言いかけて、ふと視線を岡崎たちの背後に向けた。

岡崎は振り向いた。そこに女学生姿の若い女性が立っていた。喜子が帰宅したようだ。

子爵夫人が言った。

「ちょうど帰って来たようです。この後ピアノの稽古(けいこ)がありますので、お話は手短にお願いします」

葦名警部と岡崎は応接間に通された。白い布のカバーをかけたソファがあり、それに腰かけるように、女中に言われた。

洋館なので、玄関ホールでは靴をはいたままだった。泥靴で岡崎は気が引けたが、ホールで靴を脱ぐように言われ、応接間に向かう廊下でスリッパを用意された。

白い磁器のカップに入った紅茶が出てきた。聞き込みに回っている最中に茶を出されたことなど、ほとんど岡崎の記憶にはなかった。

「お待たせしました」

喜子がやってきた。一人ではなかった。

子爵夫人がいっしょだった。

葦名警部が言った。

「できれば、お嬢さんお一人にお話をうかがいたいのですが……」

子爵夫人が静かだが抗うことを許さないような口調で言った。

「喜子はまだ学生の身です。保護者が必要です」

「女子高等師範学校で学ばれているくらいですから、お一人でもだいじょうぶでしょう」

「私は母親ですから立ち会う責任があります」

どう言っても聞き入れてもらえない様子だ。葦名警部もそう思ったのだろう。彼は言った。

「わかりました。では、質問を始めさせていただきます」

喜子は顔色が悪かった。警察官に質問されるということで緊張しているのだろうか。あるいは、高島が死んだことで動揺しているのかもしれない。

おそらくその両方ではないかと、岡崎は思った。

「高島先生が亡くなったことはご存じですか？」

葦名警部が尋ねると、喜子は小さくうなずいた。

「昨日、学校の庶務のおじいさんが知らせてくださいました」

「庶務のおじいさん……？」

「庶務と会計をやっている方です。私たちは、庶務のおじいさんと呼んでいます」

「その庶務のおじいさんが、なぜ高島先生のことを……」

「その方は、登校時や下校時に、俥屋（くるまや）さんの整理をしたり、何かと私たちの面倒を見てくださるのです」

「世話焼きのじいさんというわけですか」

「ただの世話焼きではありません。もう六十を過ぎているのですが、とても頼もしいのです。剣術の達人だという噂です。俥屋同士が揉（も）め事（ごと）を起こしても、庶務のおじいさんがいてくれれば安心なんです」

「ほう……。剣術の達人……」

「高島先生が下校時に私を待っていて、それが怖くて、俥寄せにいた庶務のおじいさんに相談したことがあります。すると、高島先生と話をしてくれて……。高島先生には悪気がないということがわかったのです」

「すると、高島先生とその庶務のおじいさんは顔見知りだったということですね？」

「ええ。高島先生はそれ以降も私を訪ねておいでしたから……」

おや、と岡崎は思った。

喜子が高島を嫌悪しているようには感じなかったからだ。子爵夫人は、はっきりと「迷惑しているに決まっている」と言った。

その言葉と喜子の態度は、何か一致しないように思えたのだ。

葦名警部の質問が続いた。

「それで、そのおじいさんが、高島先生の死をあなたに告げたというわけなのですね？」

「はい。私はひどく取り乱したので、落ち着くのを待って、わざわざ自宅まで送ってくださったのです」

「それは何時頃のことでしょう」

「時間のことなど覚えておりません。それくらいに私は衝撃を受けていたのです」

「帰宅したのが、六時半頃のことでした」

喜子に代わって子爵夫人がこたえた。「喜子を送ってくださった学校の庶務の方から事情を聞き、私どもも驚いた次第です。その方がこの家を出られたのが、七時少し前のことだったと思います」

「あ……」

岡崎は思わず声を洩らしていた。

12

葦名警部がとがめるように岡崎を見て言った。

「どうした？」

「申し訳ありません。もしや、と思いまして……」

「何のことだ」

「あの、お二人に質問してよろしいですか？」

葦名警部がうなずいたので、岡崎は喜子と子爵夫人に尋ねた。

「その庶務のおじいさんですが、午後七時少し前にこのあたりにいたことは間違いないのですね？」

子爵夫人がうなずいた。

「間違いありません」

「その方の人相ですが、ぎょろりとした大きな目をしていて、唇が厚いのではないですか？」

喜子が怪訝そうに目を瞬く。

「ええ……。たしかにそのような人相です」

「そして、耳が大きく張り出している……」

「はい。そのとおりです」

岡崎は葦名警部を見た。葦名は、すべて心得たというふうにうなずいた。

そして、葦名は喜子に尋ねた。

「その庶務のおじいさんのお名前は？」

「さあ……。何だったかしら……。いつも、庶務のおじいさんとしか呼んでいませんので……」

「では、学校に問い合わせてみましょう」

葦名警部がそう言ったとき、喜子がぱっと顔を上げた。

「そう。思い出しました。たしか藤田さんです」

「姓は藤田……。名は何といいます？」

「名前はわかりません」

「高島先生は何者かに殺されたものと見られています。何かお心当たりはありませんか？」

喜子は唇を咬んで何事か考えていたが、やがて言った。

「いいえ。高島先生がどういう生活をなさっていたのか、よく存じませんので……」

「文を渡されることもあったそうですね？」

「ええ。高島先生が庶務のおじいさんにお渡しになり、それを私が受け取っていました」

「直接のやり取りではないのですね？」

喜子は、子爵夫人のほうをちらりと見てからこたえた。

「いいえ、直接のやり取りはしておりません。二人きりでお会いしたこともありません」

これは怪しいなと、岡崎は思った。

子爵夫人には内緒で直接会って話をしたことがあるに違いない。それも一度や二度ではないはずだ。

だからこそ、喜子は高島の死に大きな衝撃を受けたのだ。

「そうですか」

葦名警部が言った。「これからピアノの稽古をなさるとか……。ご多忙中ご協力いただき、ありがとうございました」

葦名警部は質問を終えて立ち上がった。岡崎もそれにならった。

「お待ちください」

喜子が言った。

「は……？」

葦名警部は立ったまま言った。「何か……？」

喜子が真っ直ぐに葦名警部を見て言った。

「必ず犯人を捕まえてください」

葦名警部は即座にこたえた。

「もちろんです」

城戸子爵邸をあとにすると、岡崎は葦名警部に言った。

「喜子嬢は、どうやら高島先生のことを憎からず思っていたようですね」

葦名警部はまっすぐ前を向いたままこたえた。

「お嬢さんが被害者をどう思っていたかは、殺人の捜査には関係ない」

「そうでしょうか。関係者が被害者に対してどういう感情を抱いていたかは、重要だと思います」

葦名警部は、しばらく無言だった。やがて、彼は言った。

「学校へ行ってみよう」

「学校ですか……？」

「女子高等師範学校だ」

「はい」

二人は四谷見附(よつやみつけ)の停車場まで歩き、外濠線(そとぼりせん)でお茶の水に向かった。

この一、二年で電車の路線はどんどん拡張して便利になり、人々の行動範囲が格段に広くなった。

日清戦争終戦後の頃から産業が発展して、世の中が瞬く間に変わっていくように、岡崎は感じていた。

かつては下町に密集していた住宅が、路線が延びることで、東京の北側や西側のいわゆる山の手にもできはじめた。

山の手の住宅に住むのは、産業の発展に伴って増加した会社勤めの人々だ。それはかつての商人や職人といった下町の住人たちとは全く別の階層を形成しつつあった。

お茶の水も、そうした山の手の一画だ。電車を降りて女子高等師範学校にやってきたのは、午後四時半を過ぎた頃だった。

正門を過ぎ、玄関の脇にある四角い小さな窓口の前にやってきた。

「警視庁の者です。藤田さんという方にお会いしたい」

応対に出た若い男が目をぱちくりさせて言った。

「どのようなご用でしょう……」

「それは本人に伝えます」

「はあ……。しばらくお待ちください」

そのまま玄関でまたされた。

やがて一人の男が玄関にやってきた。六十代の老人だ。背筋はぴんと伸び、足取りは堂々としている。

ぎょろりとした大きな目に、張り出した耳。乾物屋の主人が目撃したという老人と人相が一致する。

「私が藤田ですが、何用でしょう」

老人が言った。

「文科大学の高島先生をご存じですね」

藤田老人はうなずいた。

「亡くなられたそうですね」

「それについて、いくつかうかがいたいことがあるのですが……」

「私にですか?」

「あなたは、高島先生が亡くなられたことを城戸子爵令嬢にお知らせしましたね」

「はい」

「そして、彼女をご自宅まで送り届けられた……」

「それについてお話しすればよろしいので?」

「できれば、警視庁にご同行いただきたい」

「なぜです?　話ならここで済むでしょう」

藤田老人は、ただ静かに話をしているだけだ。それなのに、奇妙な迫力を感じた。岡崎は、威圧されているようで落ち着かない気持ちになった。

「高島先生は、城戸子爵令嬢とお会いになる機会を求めておられたようですね」

ひかえめな言い方だと、岡崎は思った。

まあ、女学生の帰りを待ち伏せしていた、とは言いにくいことは確かだ。

藤田老人は言った。

「それにおこたえすればよろしいのですか?」

「そのほかにもうかがいたいことがあります」

「どのようなことでしょう」

「あなたが令嬢を送って城戸子爵邸をお訪ねになった頃、近くの麴町一丁目で、本庄陸軍大佐が殺されました。それはご存じですか？」

「新聞で読みました」

「それについてもうかがいたい」

藤田老人は表情を変えぬまま尋ねた。

「本庄陸軍大佐の件についても……？　私は何の関係もありませんが……」

「とにかく、警視庁にご同行いただきたい」

藤田老人は、しばらく考えた後に言った。

「よろしい。参りましょう」

岡崎たちは、藤田老人が身支度を調えるのを待った。やがて、彼は小さな風呂敷包みと木製の杖を持って現れた。

葦名警部が言った。

「その杖をお預かりします」

「杖を……？　なぜですか？」

「とにかくお預かりします」

老人は杖を差し出した。岡崎がそれを受け取った。

おそらく葦名に、それが仕込み杖なのではないかと警戒したのだろう。手にして明らかになったが、それは仕込み杖などではなく、ただの木の棒に過ぎなかった。

「では、参りましょう」

葦名警部と藤田老人が並んで歩きはじめる。岡崎はその後ろからついていった。藤田老人の歩く姿を背後から眺める。腰から上が微動だにしない。

間違いなく士族だ。岡崎はそう思っていた。


すでに鳥居部長が席に戻っていた。

葦名警部と岡崎は、藤田老人を連れて鳥居部長の席に近づいた。

「参考人をお連れしました」

葦名警部が言うと、鳥居部長が顔を向けた。

「参考人……？」

「はい。藤田さんとおっしゃいます」

鳥居部長が藤田老人を見た。

表情が変わった。鳥居部長が突然立ち上がった。そして、気をつけをしている。

岡崎はその姿を見て驚いた。こんな鳥居部長を見るのは初めてだった。

葦名警部も、怪訝そうな顔をしている。

服部課長や、周囲にいた係員たちも何事かと驚いた顔で鳥居部長を見ていた。

鳥居部長は、気をつけをしたまま言った。

「藤田五郎(ごろう)翁でいらっしゃいますね」

老人がこたえる。

「いかにも、藤田五郎だが……」

岡崎は、ぴんとこない。だが、葦名警部はその人物が何者であるか気づいたようだ。

葦名警部が藤田老人に頭を下げた。

「そうとは知らず、失礼をいたしました」

藤田老人は言った。

「あなたは警察の職務を遂行されただけだ。別に失礼なことなどない」

岡崎は葦名警部に尋ねた。

「いったい、どういうことなんです……」

それにこたえたのは立ったままの鳥居部長だった。

「こちらは警視庁の大先輩だぜ。西南の役では、警視徴募隊に参加され、西郷軍と戦われた。庁内の剣術における功労者でもいらっしゃるのさ」

岡崎はこたえる。

「はあ……」

大先輩と言われても、ああそうか、と思うだけだ。

鳥居部長がじれったそうに言う。

「わかんねえのかい。藤田五郎翁だ。新選組の斎藤一殿だ」

岡崎は、あっと声を上げそうになった。

そうだった。警視庁の伝説の一つだ。新選組副長助勤、後に三番隊組長となった斎藤一が、藤田五郎という名で警視庁に勤めていたことがあるという。

まさか、その人が女子高等師範学校で、庶務をやっているとは……。

「何をしている」

鳥居部長が言った。「応接室にお通ししねえかい」

「いや、取調室で充分です」

「そうはまいりません」

鳥居部長が服部課長に命じた。「丁重におもてなしを」

「は……」

服部課長自らが藤田老人を応接室に案内した。岡崎は、その後ろ姿を呆然と眺めていた。

彼らが第一部の部屋から出て行くと、入れ替わるように荒木、久坂、岩井の三人が戻って来た。

自称私立探偵の西小路が同行している。

岡崎は西小路に言った。

「いっしょだったのか？」

その問いにこたえたのは荒木だった。

「現場近くをうろついていたんだ。勝手についてきたんだよ」

「勝手についてきたはないでしょう。僕は捜査に協力しているんですよ」

「あんたは、薬売りのことを調べていればいいんだよ」

「ああ、それはあらかた見当がついているんです」

荒木が目を丸くした。

「何だって？　そんなこと今まで一言も言わなかったじゃないか」

「誰も僕に尋ねなかったのでね」

「じゃあ、薬売りは何者だ？」

「それにおこたえするには、もう少し調べてみる必要があります」

荒木が何か言おうとしたが、西小路は取り合わず岡崎に尋ねた。「それより、今しがた服部課長と部屋を出て行ったのはどなたです？」

「それが……」

岡崎は声を落とした。大声で彼のことを話すのは、はばかられるような気がしたのだ。なにせ、あの鳥居部長が立ち上がって気をつけをするほどの人物なのだ。

その気配を察して、荒木たち三人の巡査も岡崎に注目した。

「藤田五郎翁だ」

荒木たちは、やはりぴんとこない様子だ。

瓦解（明治維新）は、ここにいる巡査たちが生まれる前のことだ。藤田五郎が警視庁に入ったのも、おそらく岡崎たちが生まれるか生まれないかの時期のことだ。

それから藤田が何年在籍したのか、岡崎は知らないが、おそらく退職したのは岡崎たちがまだ少年の頃だろう。

荒木たちも、伝説を耳にしたことくらいはあるだろう。だが、ぴんとこないのも無理はない。

一人、西小路が驚いた様子で言った。

「藤田五郎といえば、新選組の斎藤一じゃないですか」

「新選組……？」

久坂が言う。「みんな死んだんじゃないのか？」

西小路が言う。

「不謹慎ですね。斎藤一は会津藩減封の後は、斗南藩士となり、その後警視庁にお勤めでした。永倉新八も杉村義衛と改名して、北海道の樺戸集治監で看守に剣術を指南していたそうです。杉村翁は今も北海道小樽でご存命です」

荒木が西小路に尋ねた。

「なんでそんなことを知ってるんだ？　あんた、年は俺たちと同じくらいだろう。いや、文科大学を出たばかりだというから、俺たちより年下なんじゃないのか？」

「探偵は何でも知ってるのですよ」

岩井が岡崎に尋ねた。

「麹町で目撃された老人というのは、もしかして……」

岡崎はうなずいた。

「おそらく、藤田さんじゃないかと俺は思う」

そのとき、鳥居部長の声が聞こえた。

「葦名警部よ。藤田翁のお話をうかがいに行こうぜ」

「はい」

「おい、巡査たち。おめえたちも来たけりゃ来なよ。大先輩の貴重な話が聞けるかもしれねえぜ」

応接室のソファに座っても、藤田の背筋はぴんと伸びたままだった。

テーブルを挟んで、彼の正面に鳥居部長が座った。その左側に葦名警部がいる。

巡査たちはその後ろに立っていた。なぜかそこに、西小路もいた。

岡崎たちは、彼を追い出そうとしたが、鳥居部長が「まあ、いいじゃねえか」と彼の同席を許したのだ。

藤田は、出された茶に手を付けようとしない。客が茶を飲まないので、鳥居部長以下の警察官たちも手を出さなかった。

鳥居部長が咳払いをしてから言った。

「では、葦名警部のほうから質問させていただきます」

緊張しているようだ。いつもの六方詞ではない。

藤田は、かすかにうなずいた。大きな目を半眼にしているが、それでも迫力があった。

幕末の京都や西南の役で実際に何度も斬り合いを経験した本物の侍だ。やはり貫禄が違う。

葦名警部が尋ねた。

「亡くなった高島先生はご存じですね?」

藤田は、無言でうなずいた。

「どうか、口に出してご返事いただけないでしょうか」

「存じております」

「高島先生が亡くなったことを、城戸子爵令嬢にお知らせになりましたね？」

「お知らせいたしました」

「高島先生が亡くなったことを、どうやってお知りになったのですか？」

「萬朝報に知り合いがいて知らせてくれました」

「その知り合いの方のお名前は？」

「土佐の黒岩君です」

「社主の黒岩涙香殿ですか？」

やはり大物の知り合いは大物なのだと、岡崎は思った。

「どういう経緯で、黒岩社主があなたに事件のことをお知らせになったのですか？」

「萬朝報では、大学教師と子爵令嬢の女学生が恋愛関係ということで密かに調べを進めていたようです」

なるほどな、と岡崎は思った。

萬朝報は、今でこそ政治色が強いが、かつては愛人関係を実名報道するなど、醜聞で人気を博したのだ。

大学教師と子爵令嬢の醜聞など恰好の餌食となりそうだ。

「あなたのところにも、萬朝報の記者が話を聞きに来たことがある、ということですね」

「二人のことは放っておくようにと、私が黒岩君に話をしたのです」

「城戸子爵令嬢は、高島先生が亡くなったことにひどく動揺されたそうですね。それで落ち着くまで待って、あなたがご自宅まで送られた……。それに間違いありませんね？」

「間違いありません」

「そして、あなたが城戸子爵邸をあとにされた頃、そのすぐ近くで、本庄陸軍大佐が殺されています。それについて、何かご存じありませんか？」

葦名警部の質問が核心に迫っていく。

藤田は、伏せていた目をかっと見開いた。岡崎は思わず息を呑んだ。

恐ろしいほどの眼力だった。

13

「存じません」

藤田五郎は、静かにこたえた。

質問する葦名警部の口調も淡々としている。表面は波一つ立っていない。だが、水面下では激しい海流がぶつかっている。岡崎は、そんな光景を連想していた。

藤田は、背を真っ直ぐに伸ばして座ったまま身動きをしない。それだけで、部屋の中の緊張感が高まっていく。

葦名警部が質問を続けた。

「本庄大佐のご自宅の近くで、あなたを目撃したという人がおるのですが……」

「私は、城戸子爵のお宅まで、お嬢様をお送りしただけです」

「電車をご利用でしたか？」

「はい」

「一番町の城戸子爵邸からなら、街鉄の半蔵門の停留所をお使いのはずですね。しかし、あなたのお姿を目撃したのは、大通りの乾物屋の店主なのです。つまりそれは、麴町一丁目の本庄大佐宅の方角なのです」

「四谷見附から外濠線に乗ろうと思いました」

「それなら、半蔵門から街鉄に乗り、四谷見附で乗り換えをされればよかったではないですか」

「四谷見附まで歩きたかった。ただそれだけのことです」

「あなたも警視庁におられたのならおわかりでしょう。そういうこたえでは、警察官は納得しません」

「納得されようがされまいが、本当のことだから仕方がありません」

「では、本庄大佐が亡くなられたことは、いつどこでお聞きになりましたか？」

この質問に、藤田はしばらく無言で考えていた。

葦名警部は返答を急かしたりはしなかった。こちらもじっと藤田の返事を待っていた。

やがて藤田が言った。

「あのときすでに、存じておりました。いや、正確に申しますと、亡くなられたのが本庄大佐とは存じませんでしたが、人が死んだことは存じておりました」

「あのときとは、いつのことですか？」

「城戸子爵令嬢をお送りした帰り道です」

「どうやってお知りになったのですか？」

「歩いていると悲鳴が聞こえました。何事かとその声のほうに向かいました。洋装の男が倒れており、そのすぐ脇で和服姿の女性が取り乱していました」

本庄大佐夫人の悲鳴を聞いて駆けつけたということだろう。時間から考えても矛盾はない。おそらく、葦名警部もそう考えているはずだと、岡崎は思った。

さらに葦名警部の質問が続く。

「それをご覧になって、あなたはどうされましたか？」

「何も……」

「あなたなら、傷の手当ての心得がおありのはずです」

「すぐに近所の人たちが集まってきましたので……。それに……」

「それに？」

「すでに事切れているのは明らかでしたので……」

さすがに新選組の斎藤一だ。生きているか死んでいるか、一目見てわかったということだ。

「それから、あなたはどうされました？」

「四谷見附から電車に乗り、自宅に戻りました」

「自宅はどちらですか？」

「本郷真砂町（まさごちょう）です」

「四谷見附から外濠線で神田松住町（まつずみちょう）まで行き、そこで街鉄に乗り換えて本郷三丁目まで行かれたということでしょうか？」

葦名警部の取り調べはいつもながら丁寧だ。とても細かなところまで確認を取る。

藤田はこたえた。

「いいえ。乗り換えはしませんでした。師範学校前の停留所から自宅まで歩きました。いつも職場まで歩いておりますので」

「本郷真砂町といえば、根津（ねづ）ともそれほど離れていませんね」

「根津……？」

「帝大も近い」

藤田は口をつぐんだ。

葦名警部はさらに言った。

「高島先生のご自宅にも職場にも近いということですね」

「それがどうかしましたか」

「あなたは、本庄大佐の遺体が発見されたときに、すぐ近くにおられた。そして、高島先生の自宅や職場のそばに住んでおられる。二件の殺人について、何かご存じなのではないですか？」

「何も存じません」

「いずれも、一突きで殺されています。犯人はずいぶんと手練（てだ）れだということです。あなたのように……」

岡崎は、二人のやり取りを聞きながら、息苦しいほど緊張していた。

葦名警部の追及は厳しい。警視庁の大先輩に対しても容赦ない。藤田がいつ怒りを露（あら）わにしてもおかしくはないと思っていた。

どんなときも余裕の表情を崩さない鳥居部長も、さすがにはらはらしている様子だ。

「ほう……」

藤田が言った。「一突きで……」

「あなたなら、それができるはずです」

単刀直入の質問だ。藤田はどうこたえるだろう。一同が注目していた。藤田はしばらく無言のままじっと葦名警部を見つめている。葦名も負けずに見返していた。

藤田がかすかに笑った。

岡崎は驚いた。

葦名は、同じ表情と姿勢のまま、藤田を見つめている。

藤田が言う。

「本気じゃありませんね」

今度は葦名がこたえなかった。

藤田の言葉が続いた。

「本気で私を疑い、自白させようとお考えなら、その程度の気迫ではとても足りません」

「そのようなおこたえを求めてはおりません。質問にこたえていただきたい」

「おこたえしましょう。おっしゃるとおり、もし刀を持っていたとしたら、もちろん一突きで人を殺(あや)めることはできます」

「実際に、それをやられたことがありますね」

「あります。しかし、ずいぶん昔のことです」

「しかし、今でもおできになるはずだ」

「できるからといって、やるとは限りません」

葦名はまた、しばらく無言で藤田を見つめた。やがて、彼は頭を下げて言った。

「おっしゃるとおりです。私はあなたを犯人だと思っているわけではありません。しかし、確認を取る必要があったのです」

「私が下手人かどうか、その眼で確かめたかったということですね？」

「はい」

「どうやら疑いは晴れたようですな」

「失礼な質問をいたしました。ご容赦ください」

「お気になさらずに……。それがお仕事だということはよくわかっております」

鳥居部長が言った。

「そう言っていただくと、我々もほっとします」

そのとき、西小路が言った。

「しかし、気になるのは確かですね。藤田さんが本庄大佐の殺人現場近くで目撃されていたのは事実だし、高島先生の自宅や職場の近くに住まわれていることも事実だ」

藤田は西小路を見て言った。

「そちらは刑事巡査ですか？」

「いえ、私立探偵です」

藤田はふと怪訝そうな顔になった。

「警視庁内に、なぜ私立探偵が……」

その質問に鳥居部長がこたえた。

「こちらは西小路伯爵のお孫さんなのです。しかも帝大文科の出身なので、高島先生のことをよく知っていました。参考になる話が聞けるので……」

「私の取り調べに立ち会ったのは、なぜです?」

その質問にこたえたのは西小路本人だった。

「鳥居部長から、特別に捜査に関わることを許していただいたのです。なにせ探偵ですから……」

藤田は釈然としない表情だ。かつて警察官だった彼は、私立探偵が庁内を歩き回っていることを不思議に思っているのだろう。あるいは、不愉快に思っているかもしれない。

鳥居部長が言った。

「彼は、帝大文科にお勤めの先生と近しくて、彼の口ききで、その先生にもお会いすることができるのです」

「帝大文科の先生というと、殺害された高島先生の同僚ということになりますね」

「英文学を教えているその先生は、文士でもありましてホトトギスなどにも作品を発表しています。西小路君のおかげで、その先生と話もできるというわけです」

「最近の文学とやらにはとんと不調法でして……」

藤田にそう言われて、鳥居部長は残念そうに言った。

「そうですか。黒猫先生は広い見識をお持ちなので、いろいろと参考になる話を聞かせてくださるのです」

藤田が何も言わないので、鳥居部長は気まずくなったらしく咳払いをした。まったく鳥居部長らしくないと、岡崎は思った。

それだけ藤田が大物だということなのだ。

西小路が言った。

「そういうわけで、私も捜査に参加しているのですから、一つ質問させてください」

藤田は無言で西小路を見た。俺なら、こんな眼で睨まれたら、たちまちすくみ上がってしまうだろう。思わず岡崎がそう思うほどの鋭い眼光だった。

だが、西小路は平気な様子だった。

「あなたはもはや伝説の人です。警視庁の大先輩でもあるのでしょう。だからといって、二件の殺人に無関係だということにはなりませんよ」

「西小路さんよ」

鳥居部長が言った。「相手を見てものを言いなよ」

西小路は鳥居部長に言った。

「事件の取り調べなのでしょう？　ならば、訊くべきことはちゃんと訊かないと……」

「訊くべきことなら、葦名警部が訊いたよ」

「いや、まだ充分とは言えないと思いますね。藤田さんは、二人の被害者と本当に無関係だったのでしょうか」

鳥居部長が藤田を見た。

藤田がこたえた。

「高島先生のことは存じておりました」

西小路が質問を続ける。

「どのようなご関係でしたか？」

「あの方は、学校のほうによくいらっしゃっていて、言葉を交わすようになったのです」

葦名警部が補足するように言った。

「高島先生は城戸子爵令嬢に懸想されていた。待ち伏せされるようなこともあり、令嬢が車夫の整理などもされている藤田さんに相談した。それで高島先生と関わりができたのだ」

西小路がさらに藤田に尋ねた。

「直接言葉を交わしたことはおありですか？」

「あります」

「どんな話をされましたか？」

「最初は、注意をしました。喜子さんに相談されていたこともありましたが、女子の学校のそばをうろうろする男を黙って見ているわけにはいきません」

「最初は……？」

「そうです。そういうわけで、高島先生と私の出会いは決して好ましいものではなかった。だが、二度三度と言葉を交わしているうちに、彼の人柄がわかってきました。実に実直で、情熱的な方でした」

「実直で情熱的ね……。話によれば、日本の公用語をドイツ語にするべきだと主張されていたようですね」

「日本の行く末を案じておいでだったのです。私たちが若い頃、そうだったように……」

この言葉には重みがあった。彼らは日本の未来に命をかけたのだ。

その彼の眼に今のこの明治の世はどう映っているのだろう。いつか訊いてみたいと、岡崎は思った。

西小路がさらに言った。

「高島先生と何かで対立されたようなことはありましたか？」

「いいえ。ありません。多少強引なところはありますが、悪い人ではないことがわかっておりましたから……」

「喜子さんというのが、子爵令嬢のお名前ですね？」

「そうです」

「喜子さんと高島先生はどうでしたか？」

「何をお尋ねになりたいのでしょう」

「喜子さんは迷惑されていたのでしょう？　高島先生を憎んでおられたのではないのでしょうか？」

「そうではありません」

「そうではない？」

「私はお二人の文の交換の仲介をしておりました」

「なんと……」

つぶやくように言ったのは葦名警部だった。「高島先生が一方的に文を渡そうとしていたのではないのですね？」

藤田が葦名部長を見てこたえた。

「違います。これは、喜子さんからは内密にしてほしいと言われておりましたが……」

やはりそうだったかと、岡崎は思った。

喜子に話を聞いたとき、なんとなく高島に好感を抱いているような気がしたのだ。

西小路が腕を組んだ。

「うーん……。どうやら、藤田さんと高島先生の間に揉め事はなかったようだし、かといって、令嬢との男女関係のもつれでもなさそうだ……」

鳥居部長が言った。

「はなっから、そう言ってるじゃねえかい」

西小路が藤田に尋ねる。

「本庄陸軍大佐とは関わりはなかったのですか？」

藤田はこたえた。

「ありませんでした」

「では、本当に、城戸子爵令嬢をお送りして、たまたま近くを通りかかっただけだと……」

「先刻からそう申しております」

「なあんだ。失望したなあ……」

「ただ……」

西小路が期待した様子で聞き返す。

「ただ、何です？」

「ただならぬ気配を感じたのは確かです」

「ただならぬ気配……？」

「人が人を殺すときには、そのような気配を発するものです」

鳥居部長が言った。

「殺気というやつですね？」

藤田がうなずいた。

「実は、それが気になって、麴町の表通りまで歩いたのです。そのついでに四谷見附まで歩いたというわけです」

「そのとき、何かご覧になりましたか？」

藤田がかぶりを振る。

「いえ。周囲に気を配っておりましたが、不審な者は見かけませんでした」

かつて凄腕(すごうで)の剣客であり、戊辰戦争(ぼしんせんそう)や西南戦争を経験し、警視庁警部の経歴を持つ藤田だ。その観察眼は確かだろうと、岡崎は思った。

鳥居部長が言った。

「お時間を取らせました。これ以上はお引き留めはいたしません」

藤田が即座に席を立つものと、岡崎は思っていた。だが、そうではなかった。彼は言った。

「こちらから質問をしてよろしいですか？」

葦名警部が鳥居部長を見た。

鳥居部長がこたえた。

「警視庁の大先輩ですからね。何なりと……」

「被害者は二人とも、一突きで殺されたということですね？」

「そうです」

「傷の深さは？」

「今、医者からの解剖の結果の知らせを待っているところですが、見たところでは心の臓まで達しているものと……。そこにいる、岩井巡査の見立ても同様です。岩井は、剣術の心得がありま す」

「ほう」

藤田は岩井を見て尋ねた。「何流をおやりですか？」

「溝口派一刀流です」

「では、会津のご出身ですか？」

「はい」

「そうですか。私も会津とは浅からぬ縁があります」

「もちろん、存じております」

「……で、遺体の傷口をご覧になったのですね？」

「見ました」

「どのような傷でしたか？」

「部長が申されたように医者からの報告を待たねばなりませんが……」

岩井は慎重だった。決して軽はずみな発言をする男ではないのだ。

藤田が先を促した。

「見たままを教えてください」

「変わった傷だと思いました」

「ほう……、変わった傷……。どのように？」

「見たことのない刺し傷でした。両刃の刃物で刺した傷のようでした」

「両刃の刃物……」

藤田は、ふと考え込む様子でつぶやいた。「なるほどな……」

14

「何が、なるほど、なのでしょう」

そう尋ねたのは、西小路だった。誰に対しても物怖じしない男だ。育ちのよさのせいだろうか。

藤田が無表情のままこたえる。

「心の臓を突いたと聞き、もしやそうではないかと思っておったのですが……」

「ですから、何のことでしょう」

藤田は西小路の問いにはすぐにこたえず、岩井に質問した。

「傷は縦でしたか？　それとも、横向きでしたか？」

「横向きでした」

岩井がこたえる。

藤田が西小路を見て言った。

「刀と剣の違いです」

「刀と剣……。どう違うのですか？」

そのとき、岩井が言った。

「私もそのように考えておりました」

西小路が岩井に言う。

「説明してくれないか」

岩井は許可を得るように鳥居部長の顔を見た。部長がうなずいたので、彼は説明を始めた。

「刀を使う武術を剣術といったり、今では刀剣類すべてを剣と呼ぶようになっておりますが、本来、刀は片刃で反りがあるものをいいます」

藤田がうなずき、補足するように言った。

「私どもが使った太刀もそうですし、あなたがたが腰に下げておいでのサーベルもそうです」

その言葉の終わりを待って、岩井が説明を続ける。

「一方、剣とはもともと両刃で、真っ直ぐなもののことでした」

藤田が言う。

「古代では剣が多く用いられましたが、わが国では刀が発達し、剣を用いることはなくなりました。しかし、西洋では剣も独自の発達を遂げていきます。特に、レイピアと呼ばれる剣は、フランスを中心に広まったといわれています」

鳥居部長が言った。

「レイピアですか……」

「そう。護身用や決闘用と言われており、細身の、片手で用いて突くための剣です」

岩井がその言葉を受けて言う。

「そうです。もし、西洋の剣を用いたのなら、あの傷の説明がつきます」

鳥居部長が岩井に尋ねる。

「どういうことでえ？　詳しく説明してみねえ」

「最初に高島先生の傷を見たとき、それまで見たことのない傷だと思いました。何がどう違うのか、自分でもはっきりわかりませんでした。本庄大佐の傷を見たとき、両刃の刃物でできた傷だと気づきました。しかし、まだ傷の向きの謎（なぞ）が残りました」

「傷の向き……」

「はい。私たち剣術を学んだ者が突きを用いた場合、刀の刃筋は縦になるのです。それは主に両手で刀を扱うからなのですが、片手で用いるときも、刃を縦にして突き込むように訓練されています。そして、突くときは相手の喉（のど）を狙（ねら）います」

「なるほどねえ……」

藤田が言った。

「それに対してレイピアは、主に片手で扱い、握ったときに掌（てのひら）を上に向けるようにして突くことがあります。そのとき、レイピアの刃は横向きになっています。そうすると、肋骨（ろっこつ）の間をすり抜けるように、刃は心の臓や肺腑（はいふ）に達します」

「それについちゃあ、黒猫先生が面白いことをおっしゃっていました」

鳥居部長が言った。「二人の被害者は、いずれも心臓を突かれていると伝えると、なんだか西洋の習慣のように感じると言われたのです」

藤田は無言で鳥居部長の話に耳を傾けている。岡崎たちも鳥居部長に注目した。

「心臓を突くのは、もともと狩猟を生業（なりわい）としていた西洋人たちの考えだということです。狩猟の民は、捕らえた獲物を捌きます。動物の臓腑に馴染みがあり、生きている限り動きつづける心臓を生命の象徴と考えるのだそうです。一方、わが国では、首を落とします」

「では……」

西小路が言った。「犯人は西洋人ということですか？」

鳥居部長がかぶりを振った。

「いや、そういう単純なことじゃねえだろう」

「では、西洋剣術を学んだ日本人でしょうか……」

「だとすると……」

荒木が言った。「留学経験がある人物ということでしょうかねえ。ならば、限られてきますね」

「待て待て」

鳥居部長が顔をしかめる。「早とちりはいけねえぜ。東京や横浜にはいくらでも外国人がいる。西洋剣術くらい日本にいても習えるだろうぜ。外国人があの二人を殺す理由もねえ」

そのとき、応接間をノックする音が聞こえた。

鳥居部長が大声でドアの向こうの人物に言う。

「何事だい。来客中だぜ」

ドアが開いて顔を見せたのは、服部課長だった。

「殺しです」

「またかい」

「所轄からの報告だと、心臓を一突きされているとか……」

岡崎たちは顔色を変えたが、鳥居部長は平静のまま尋ねた。

「現場は？」

「麴町一丁目……。本庄大佐宅の近くです」

「行ってみよう」

鳥居部長は藤田を見た。「そういうわけですので、我々はこれで失礼します」

藤田が言った。

「もし差し支えなければ、同行をお許しいただけないでしょうか」

「は……？」

「この年寄も、何か役に立てるかもしれません」

「どうしてあなたが……」

「元警視庁警部の血が騒ぎましてな」

鳥居部長は力強くうなずいた。

「お力添えをいただければ、これ以上心強いことはありません」

まず、鳥居部長が部屋を出て行った。

葦名警部が藤田に言った。

「では、ご案内いたしましょう」

二人が部屋を出ようとしたとき、岩井が言った。

「あの……」

藤田が立ち止まり、振り返った。

「本当に、斎藤一殿なのですね？」

「そのように名乗っていたこともあります」

岩井は一瞬言葉に詰まってから言った。

「お会いできて光栄です」

見るとその眼には涙が溜まっている。会津出身の岩井には特別な思いがあるのだろう。

藤田はまた、ほほえみを浮かべた。

「さあ、いっしょに捜査しましょう」


服部課長が言ったとおり、殺人現場は本庄大佐宅のすぐ近くだった。

本庄宅は表通りから入った細い路地に面していたが、今度の現場はさらに細い路地を入ったところで、脇は空き地だった。

小さな空き地で草むらになっている。近所の子供たちが遊び場にしているという。遺体を発見したのは、遊び回っている子供を探しに来た三十代後半の母親だった。遺体は草むらの陰にあった。

岡崎たちが現場にやってきたのは、七時半を過ぎたところで、すでに日が暮れていた。

所轄の巡査たちがカンテラを手にあたりを捜索していた。

久坂が大声で言った。

「警視庁の鳥居部長と葦名警部である」

そのとたんに、所轄の巡査たちはその場で気をつけをした。

「いいから、作業を続けてくんな」

鳥居部長はそう言いながら、遺体に近づいた。葦名警部がその隣にいる。

岡崎たちは、その様子を見つめて立っていた。まずは上司が検分する。それが暗黙の約束事だ。

それを平気で破ったのは西小路だった。彼は、所轄の巡査からカンテラを借りて、鳥居部長たちといっしょに遺体を覗（のぞ）き込んだ。

岡崎は注意しようかと思ったが、鳥居部長が何も言わないので、放っておくことにした。葦名警部も何も言わない。

おそらく葦名警部も、西小路の言動をうとましく思っているのではないだろうか。だが、どうやら鳥居部長が彼のことを気に入っているようなので黙っているのだ。

まるでそこに西小路などいないかのような振る舞いだ。それが葦名の処世術なのだろう。

「なるほどねえ……」

立ち上がると、鳥居部長が言った。「藤田さん。傷を見ていただけますか」

藤田が歩み出て、遺体の脇にかがんだ。西小路が傷口をカンテラで照らしている。そういう気づかいはできるようだ。

藤田が言った。

「溝口派一刀流の巡査は何というお名前でしたかな？」

葦名警部がこたえる。

「岩井です」

「岩井君が言ったとおりです。両刃の剣で胸を突かれています。刃は横向き」

鳥居部長が尋ねる。

「西洋剣術でやられたということですね？」

「警視庁にいた頃なら、断言はできないと申したでしょう。しかし、引退した今はさしたる責任もないので断言できます。まさしくこれは、レイピアによる刺し傷でしょう」

「心の臓を一突き。手練れですね」

「いかにも」

鳥居部長が所轄の巡査に尋ねた。

「遺体の身元は？」

「はっ。所持品などなく、身元は不明であります」

鳥居部長たちが場所を空けたので、岡崎たち巡査が遺体の検分を始めた。

荒木が言った。

「年齢は、三十代半ばというところか……」

「そう」

久坂がこたえる。「三十五くらいだな」

和装で袴を着けている。暗闇で見ているせいもあるだろうが、目立たない服装のように思えた。

にわかに路地のほうが騒々しくなった。何事かと見ると、洋装の男たちが巡査に何事かを命令している様子だ。男たちは四人いた。

荒木が言う。

「何だ、あいつら……」

鳥居部長がその男たちのほうに歩み寄る。

「警視庁第一部の鳥居だが、何用か？」

その声は堂々としていた。一方、相手の声はぼそぼそと小さい。岡崎はまったく聞き取れなかった。

鳥居部長は、しばらく相手の話を聞いていたが、やがて、振り向いて言った。

「おいみんな、引きあげるぜ」

「え……」

岡崎は思わず声を上げていた。

他の巡査もほぼ同様の反応を示す。なにせ、調べはこれからなのだ。

鳥居部長は、藤田に言った。

「自動車でお宅までお送りしましょう。本郷真砂町でしたね」

藤田が言った。

「いえ、私は電車で帰れます」

「そうおっしゃらずに……」

鳥居部長が言うと藤田は何かに気づいたようにこたえた。

「そうですか。ではお言葉に甘えまして……」

鳥居部長は、隣にいた葦名警部に何事か耳打ちしてから、藤田とともに歩き出した。表通りに駐車している自動車に向かうのだ。

鳥居部長は、自動車の中で藤田に事情を説明したいのだろう。藤田はその気持ちを察したに違いないと、岡崎は思った。

二人が歩き去ると、葦名警部が言った。

「さあ、我々も引きあげよう」

岡崎は釈然としないまま葦名警部に従った。所轄の巡査たちもその場を離れていく。

残ったのは、洋装の四人の男たちだ。暗闇に浮かび上がる四つの影は、実に不気味な印象があった。

現場を離れ、路地の角を曲がると、葦名警部が岡崎たち巡査と西小路に言った。

「被害者が何者か見当がついたと、部長が言われた」

西小路が言った。

「私にもわかりましたよ。薬売りですね」

「何だって？」

荒木が大声を出してから、慌てて口を押さえた。それから声を落として言う。「あれが薬売りだってえのかい。なんでそんなことがわかる」

「いろいろと調べたって言っただろう。あの四人の男はおそらく内務省の連中だろう」

葦名警部がうなずいた。

「そうだ、と部長が言っていた」

「ならば、あの被害者は例の薬売りに間違いないでしょう」

荒木がじれったそうに言う。

「だから、それはどうしてなんだ？」

「高島先生の事件のとき、本郷署に薬売りがいると言われて会いに行ったが、そのときはすでに署を出た後だと言われたんだったね」

「そうだ」

「だが、それからどこを探しても薬売りの姿は見当たらなかった。そして、誰に聞いても知らないと言われたんだったね？」

「そのとおりだ」

「人間が消え失せるはずがない。考えられることは一つ。君たちが署にいる間、薬売りも署内に隠れていたのさ」

「前にも同じようなことを言っていたな。だとしたら、本郷署の黒井警部が嘘を言ったことになる」

「嘘を言ったんだろうよ」

「まさか……。なぜ、そんなことを……」

「それにね」

西小路が続ける。「鳥居部長が電話でそのことを本郷署の署長に尋ねた後、どうなった？」

岡崎がそれにこたえた。

「薬売りの捜査は保留ということになった」

「黒井警部が嘘をつかなければならず、捜査を保留にしなければならなかった……。考えられる理由は一つしかない」

岡崎は尋ねた。

「何だ？」

「薬売りの男は、内務省の間諜だった」

「間諜……」

いつしか岡崎たちの足が止まっていた。それに気づいたらしく、西小路も立ち止まった。

荒木が言った。

「やっぱりな。薬売りってのは、胡散臭いと思っていたんだ」

岡崎は言った。

「それにしても、内務省の間諜だなんて……。とても信じられない」

西小路が言う。

「その証拠に、こうして内務省の連中がやってきている。彼らは明らかに警視庁の領分を侵しているじゃないか。横車を押してでも隠さなきゃならないことがあるということだ」

そこは、大通りに出る手前。本庄大佐の家は目と鼻の先だった。

岡崎たちは、葦名警部を中心に立ち止まったまま話を続けていた。

久坂が葦名警部に言った。

「もし、殺害されたのが薬売りで、それが内務省の間者だったとしたら、いったい何がどうなっているのでしょう」

葦名警部は言った。

「それはここで話すようなことではないな」

久坂が言う。

「では、警視庁に戻りましょう」

葦名警部がうなずいた。

「部長も戻られると言っていた」

すでに午後八時を回っている。だが、事件が起きたら、警察官に時間など関係なくなる。

岡崎たちは、電車で警視庁に戻った。

「薬売りは、高島先生が殺害されることを予見していたのではないかね」

警視庁に戻ると、西小路が言った。岡崎は尋ねた。

「なぜそう思うんだ？」

「蔵田が言っていただろう。高島先生と薬売りが並んで歩いているところを見かけたって……。たぶん、その時薬売りは高島先生に、身辺に注意するようにと警告していたのではないだろうか」

「では、薬売りは高島先生を殺害した犯人を知っていたということか？」

西小路はうなずいた。

「それはつまり、本庄大佐を殺害した犯人をも知っていたということだ。おそらく同一の犯人だからね。本庄邸のあたりを探索しているときにやられた、ということだろうね」

「薬売りは、その犯人に殺されたということか？」

「そうだろう。手口が同じだからね。あれだけの腕前のやつはそうそういるものではない。そうだろう、岩井君」

親しげにそう呼びかけられて、岩井は少しばかりむっとした表情になった。だが、西小路は、いつものようにどこ吹く風だ。

岩井がこたえた。

「たしかに、西洋剣術をやり、あれだけの腕の持ち主となると限られてくる。同一犯だと考えていいと思う」

荒木が言った。

「薬売りが間諜で、高島先生や本庄大佐を殺した犯人を知ってるってこたあ、おそらく内務省には他にも犯人を知っているやつがいるってことだろうぜ」

「しかし……」

葦名警部が言った。「相手が内務省では、我々警察官には手が出せない」

岡崎は思わず周囲を見回した。警視庁と兼務の内務省警保局の連中はすでに帰宅している。

だが、気を許してはいけない。

そのとき、西小路が言った。

「ご心配なく。警察官に手が出せなくても、僕がいます」

荒木がふんと鼻を鳴らして言った。

「あまり当てにならねえんだけどなあ」

「失敬だな、君は。探偵の力を見くびってもらっては困るな」

「そうだぜ」

部長の声がして、その場にいた全員が、はっとそちらを見た。

鳥居部長の隣には藤田もいる。

葦名警部が尋ねた。

「お帰りになったのでは……」

「おう。お送りしようと思ったら、警視庁に戻りたいとおっしゃるのでな」

鳥居部長は一同を見回した。「西小路君だけじゃなく、藤田翁もお手伝いくださるんだ。鬼に金棒じゃねえか」

葦名警部が巡査たちに言った。

「まずはやれるところからだ。内務省は秘密主義だが、陸軍省なら協力してくれると思う。本庄大佐について、徹底的に聞き込みをする」

「はい」

巡査たちは力強くうなずいた。

15

翌日の朝早く、警視庁に集まった鳥居部長と彼の指揮下の面々、つまり、葦名警部と四人の巡査、そして、藤田五郎に西小路臨三郎の計八名は、それぞれ手分けをして捜査に当たることになった。

まず、葦名警部と藤田が馬車で麴町に向かった。電車でいいと藤田は言ったが、鳥居部長が聞き入れず、馬車を手配したのだ。

彼らは、本庄大佐と薬売りらしい謎の男の遺体発見現場周辺を調べることになっていた。

久坂、岩井、荒木そして西小路の四人は、電車で本郷に向かった。高島殺害について、引き続き調べるためだ。警視庁は鍛冶橋（かじばし）にあるので、日比谷（ひびや）から本郷三丁目に向かう。昔の巡査なら歩いた、と古参の警察官に小言を言われそうだが、文明の利器を使わない手はない。

久坂、岩井の二人は現場周辺を調べ、荒木は、西小路とともに、帝大に向かうことになっていた。

荒木は、「何で俺が探偵と……」と不満そうだったが、帝大文科出身の西小路がいっしょなら、何かと便利なはずだった。

岡崎は、鳥居部長と三宅坂（みやけざか）の陸軍省に向かうことになった。

「おう、おめえは、俺といっしょに来てくんな」と指名されたときは驚いた。

鳥居部長に同行するなら当然、葦名警部だろうと思っていた。だが、考えてみたら、藤田翁の相手を巡査あたりにやらせるわけにはいかない。鳥居部長もそう考えたのだろう。

部長に同行するといってもどうせ鞄持ちだ。それほど緊張することはないのだと、岡崎は思った。

鳥居部長は自動車を使った。岡崎が助手席に座り、部長は後部座席だ。

運転手は、立派な髭を生やしている。彼は警察官ではない。自動車の運転技術を習得しているのだから、ずいぶんと優秀な技術者なのだろう。

そのせいか、不遜な態度に感じられた。部長はまったく気にしていない様子だ。もともと無愛想な男なのかもしれない。

結局、三宅坂に着くまで、運転手は一言もしゃべらなかった。

「陸軍省の玄関に着けてくんな」

鳥居部長がそう言ったときも、運転手はただ「はい」とこたえただけだった。

陸軍の役所なのだから、みんな軍服を着ているのではないかと思っていたがそうではなかった。

制服を着ている者も、もちろんいるが、どちらかというと、背広を着ている者のほうが多い。

そう言えば、本庄大佐も殺害されたとき背広を着ていた。

勤め帰りだったということだから、勤務中は背広を着ていたのだろう。

同じ陸軍の機関でも参謀本部は、ほとんどが制服姿のはずだ。

受付をしているのは、制服姿の若者だった。岡崎と鳥居部長も制服だ。受付の若者は何事かと二人を交互に見やって言った。

「ご用の向きは……」

鳥居部長がこたえた。

「本庄大佐の件です。まず、直属の上長にお話をうかがいたい」

「少々お待ちを……」

若者が受付窓口から消えた。しばらくして、三十代半ばと見えるたくましい男がやってきた。こちらは背広を着ている。

「警視庁の方ですか?」

「第一部の鳥居と申します。こちらは岡崎巡査」

まさか自分ごときを相手に紹介してくれるとは思っていなかったので、岡崎は慌てて頭を下げた。

礼をしてから、その必要はなかったかなと思った。警察官は常に、堂々としていなければならない。

相手が言った。

「軍務局軍事課の繁田(しげた)と申します」

「シゲタ……?」

「商売繁盛(はんじょう)のハンに田んぼの田で繁田です。名前は隆秀(たかひで)……」

岡崎は、手帳を取り出して鉛筆でメモをした。

繁田の言葉が続く。

「本庄大佐の上長に面会をご希望とのことですが、本庄大佐は課長でしたので、その上は局長か局次長ということになりますが……。局長は宇佐川一正(うさがわかずまさ)少将、局次長は五十嵐惣五郎(いがらしそうごろう)大佐です」

鳥居部長は即座にこたえた。

「局長にお目にかかりたい。お取り次ぎ願おう」

「局長は多忙でして、しばらくお待ちいただくことになると思います」

「待てねえな」

鳥居部長が突然、いつもの六方詞になった。「今頃(いまごろ)殺人犯は、次の殺しを計画しているかもしれねえんだぜ。こちとら、一刻も猶予がならねえんだ」

繁田は驚いた顔で言った。

「……ではそのように申し伝えます」

「子供の使いだって、もう少しマシだろうぜ」

繁田は慌てた様子で顔を引っ込めた。彼が姿を消すと、鳥居部長が岡崎に言った。

「こういうときはな、強気に出ることが肝腎(かんじん)なんだ。警察なんざ、いつだって邪魔者だ。下手(したて)に出たら、まともに相手をされねえ」

「はあ……。覚えておきます」

「おめえは真面目だねえ。まあ、そいつが取り得なんだろうぜ」

やがて、繁田が戻ってきて告げた。

「ご案内します。こちらへどうぞ」

廊下を進み、局長室に案内された。ドアを開けると、正面に机があり、その向こうにひかえめに口髭を生やした背広姿の男がいた。

繁田が紹介した。

「宇佐川少将です」

鳥居部長は、臆(おく)することなく名乗った。

「警視庁の鳥居です」

「犯人の目星は付いたのかね？」

宇佐川軍務局長は、単刀直入にそう言った。

「残念ながら、まだでしてね。私たちは、一刻も早く犯人を捕まえたいと、強く願っているのですがね」

「願っていても逮捕できるわけではないだろう。やるべきことをやったらどうだね」

「ですからこうして、お話をうかがいに参ったのです」

「ならば早く質問をすればいい」

「ではうかがいます。本庄大佐を殺害した犯人にお心当たりはありませんか」

「ない。陸軍大佐を殺害するなど、軍に対する挑戦ではないか」

「連続殺人事件ですからね。警察に対する挑戦でもあります」

「連続殺人……？」

「ご存じありませんか。帝大文科大学の高島という教師が殺されました。そして次が、本庄大佐。

さらに、もう一人殺されたのです」

「それが連続殺人だという根拠は？」

「皆同じ凶器、同じ手口でやられています」

「連続殺人となれば、いよいよ事態は深刻だ」

「もちろん、それは百も承知ですよ。本庄大佐に敵はいませんでしたか？」

「いた」

「ほう。何者です？」

「ロシアだ」

「は……？」

「今、わが国はロシアと戦争をしているのだ。敵と言えばロシアに決まっておるだろう」

「たしかに……。その戦争ですが、いつまで続くんですかね」

「もうじき樺太を占領する。そうすれば、趨勢は決定する」

「戦争が終わるということですか？」

「ロシアの出方次第だな」

「先月、アメリカのルーズベルト大統領が、日露両国に講和勧告をしたでしょう。ロシアはそれを受け容れたという話ですが……」

「だからといって鵜呑みにはできない。ロシアという国はしたたかなんだよ」

「今なら勝ち戦で終われますね」

「それは参謀本部が考えることだ。私の仕事は参謀本部が立てる作戦を遂行するために陸軍を維持し、動かすことだ」

「日本はずいぶんと金を使ったし、兵隊も死にました。潮時でしょう。そして、戦勝国として、ロシアから賠償金をたんまりとぶんどらないと……」

にわかに宇佐川軍務局長の表情が険しくなった。

「殺人の捜査で来たのではないのかね？」

鳥居部長は、相手の機嫌などおかまいなしといった態度だった。彼は、にっと笑うと言った。

「国民は誰でも戦争のことは気になるんですよ。軍務局長から直々にお話をうかがう機会など、そうそうあるものではありませんからね」

「そういう話なら公式な発表をするから、新聞を読むんだね」

「わかりました。では、仕事をさせていただきます。先ほどの質問ですが、言葉を変えます。本庄大佐を怨んでいた人や憎んでいた人に心当たりはありませんか？」

「個人的なことは知らん」

「役所の中ではどうです？　仕事上で対立している人はいませんでしたか？」

「そんな話は聞いたことがない。本庄は前途有望だった」

「前途有望……。ということは、本庄大佐は長州出身でしたか……」

「そうだ。彼も長州だ」

「彼も、ということは、軍務局長もですか？」

「我が輩も長州だ。それがどうかしたかね」

「いえ……」

その時、ドアがノックされた。

宇佐川局長が言う。

「入れ」

ドアが開いて、背広姿の男が戸口で言った。

「おや、お客様でしたか」

「かまわん。何だ？」

戸口の男は、鳥居部長と岡崎を見てから、視線を宇佐川に戻して言った。

「急ぎで決裁をいただきたい書類がありまして……」

「よこしなさい」

男は入室して、書類を差し出した。宇佐川がそれを受け取る。警視庁で使っているのとまったく同じ薄紙の書類だった。

黒いインクで何かびっしりと書き込んである。もちろん、岡崎にはそれが何の書類であるかはわからない。ただ、几帳面（きちょうめん）な字だと思った。

書類を持ってやってきた男は、端正な顔立ちだった。髭を生やしていないので、若く見えるが、物腰からするとそうでもなさそうだ。年齢不詳の男だった。

宇佐川が書類を読み、判を押した。それを受け取ると、端正な顔立ちの男は岡崎と鳥居部長にほほえみかけてから部屋を出て行った。軍人らしくない人物だと岡崎は思った。

岡崎は、ふと宇佐川の机の脇に立っていた繁田の顔に眼をやった。なぜか彼が、妙に緊張しているように見えた。

それが気になった。

鳥居部長が宇佐川に尋ねた。

「今の方はどなたでしょう?」

「軍務局次長の五十嵐大佐だ」

「次長は大佐なのですか。では、軍事課長と同じ階級なのですね」

「そうだ。将官は局長だけだ。五十嵐は苦労した男でね……」

「ほう、ご苦労をされた」

「あいつも長州出身だというのに、ずいぶんと冷や飯を食っていた。特に、木越が軍務局長の時代は、冷遇されていたな……」

「木越というのは、木越安綱少将のことですか?」

「今は中将だよ。去年中将になった」

「木越中将も長州ですか?」

「生まれは金沢藩だ。だが、長州閥だな。日清戦争のときに、桂太郎現首相の元で活躍し、絶大な信頼を得て長州閥の一翼を担うことになった」

「同じ長州閥なのに、五十嵐大佐を冷遇したのですか?」

宇佐川はかすかに顔をしかめた。

「長州だからいいというものではない」

「ほう……」

「五十嵐がようやく頭角を現したのは、中村が、陸軍総務長官兼務の軍務局長になったときからだ。優秀な男であることは間違いないんだ。だから、私が軍務局長になったときに、局次長に登用した」

「中村は、中村雄次郎中将ですね?」

「そうだ」

「では、五十嵐さんは、あなたに感謝しているでしょうね」

「それは、本人に訊いてくれ。さて、ずいぶんと時間を食ってしまった。まだ何か訊きたいことはあるかね?」

「いえ、これでおいとますることにいたします。ご多忙の折、ご迷惑をおかけしました」

おや、と岡崎は思った。

ずいぶんあっさりと引き下がるのだな……。

鳥居部長なら相手が何を言おうが、もっと食い下がるだろうと思っていた。

宇佐川が言った。

「さあ、早くここから出て行って、犯人を捕まえたまえ」

鳥居部長がにっこりと笑った。

「承知しました」


軍務局長室を出ると、繁田が岡崎たち二人の前を足早に歩いた。彼は玄関に向かっているようだ。二人の警察官たちを送り出そうというのだろう。

繁田と岡崎たちの距離が徐々に開いていく。その機に岡崎は、小声で鳥居部長に言った。

「繁田に話を聞いてみたいのですが……」

「おめえさんも気づいたかい」

「は……？」

「五十嵐局次長が入室してきたときのことだろう？　繁田の様子が妙だった」

「はい」

さすが鳥居部長だ。やはり抜かりはない。

「いいよ。おまえさんが話してみな」

岡崎は、今や二間ほども先を行く繁田に声をかけた。

「すいません。ちょっといいですか」

鳥居部長が顔をしかめてつぶやくように言う。

「おいおい、おめえは女郎屋の呼び込みかい。警視庁の巡査なら、もっとしゃんとしねえかい」

繁田が立ち止まり、振り返った。

「何か？」

岡崎は、鳥居部長に言われて、胸を反らし、少しばかり偉そうに言った。

「訊きたいことがあります」

「何でしょう？」

「五十嵐局次長が、部屋においでになったときのことです。あなたは、少々困ったような顔をされましたね」

「は……？　別にそんなことはなかったと思いますが……」

「いえ、間違いなくあなたは緊張されたご様子でした。その訳を知りたいのです」

「訳を知りたいと言われても……」

繁田は苦笑した。「それは、とんだ言いがかりですね。私は困った顔などしませんでしたし、緊張もしませんでした」

「詳しくお話をうかがいたいので、警視庁までご同行いただけますか？」

この一言はたいてい効果がある。

警察に連行されるということは、そのまま逮捕されるかもしれないということだ。

本意ではないが、そんな風潮になりつつある。もともとは、政府が社会主義者を弾圧しているからで、その大元が山縣有朋なのだ。

政府の背後には山縣がいる。

山縣は政党嫌いで有名だが、それ以上に社会主義が大嫌いなのだ。

案の定、繁田も顔色を変えた。

「どうして私が、警視庁に連行されなければならないのですか」

「訊きたいことにこたえていただかなければ、警視庁においで願うしかありません」

「ですから、私は別に……」

繁田はそこまで言って、あきらめたように溜め息をついた。「たしかにね、あのとき宇佐川少将が言われていたことを、五十嵐大佐には聞いてほしくはないと思いました」

「それはいったい、どういうことですか?」

あのとき宇佐川少将が言っていたことというのは、何だったろう……。

たしか、本庄を怨んでいた人や憎んでいた人はいないか、という鳥居部長の質問にこたえていたのだ。

そのこたえ自体は、当たり障りのないものだった。では、問題は、鳥居部長の質問のほうなのではないだろうか。

繁田がこたえる。

「まあ、宇佐川少将の言葉ではないですが、長州閥もいろいろでしてね……」

「どういうふうに、いろいろ、なんですか?」

「冷遇される者は、ずうっと冷遇されるということです」

「それは、五十嵐局次長のことですか?」

繁田は、周囲を見回して声を落とした。

「他言は無用にしていただきたいのですが……」

「捜査上の秘密は外に漏れることはありません」

「私が話したということを、役所の人間にも言わないでいただけますか？」

「言いません」

「間違いなく、五十嵐局次長は冷遇されていましたね」

「しかし、局次長といえば立派な立場でしょう。今は冷遇されているとは言えないようですが……」

繁田は、もう一度周囲を見回して言った。

「ここじゃ、ちょっと……」

「やはり、警視庁に行きましょうか？」

「勘弁してください」

「では、どこか話ができるところに行きましょう」

繁田はしばらく考えてからこたえた。

「では、こちらへどうぞ」

16

案内されたのは、応接室のようだった。革張りのソファに白い布がかけてある。その前にある低いテーブルも白い布をかぶっていた。

鳥居部長と繁田が向かい合ってソファに座り、岡崎は鳥居部長の脇(わき)に立っていた。

「五十嵐局次長が冷遇されていたというのは、どういうことですか？」

岡崎は質問を再開した。

「私のような下っ端にわかることは限られていますがね……」

繁田は、そう前置きしてから話しだした。「局次長という肩書きは、明らかに形式的なもので、実質的な権限はすべて宇佐川局長が握っています」

「形式的なもの……」

「そうです。もしかしたら、課長たちよりも権限はないかもしれません」

「それはおかしいですね。局次長はあくまで課長の上司なのでしょう？」

「課長には、その課における決裁権があります」

「課長には判断できない問題もあるでしょう」

「そういう場合はすべて、宇佐川局長が決裁をします」

岡崎は、先ほど五十嵐が書類に判をもらうために、宇佐川を訪ねてきたのを思い出していた。

「判こそ形式的なものではないのですか。五十嵐局次長が決めたことに、宇佐川局長が判を押すだけ、とか……」

「そうではありません。現在の陸軍省では、各課長が決裁をし、その決裁権を超えるものについては、常に宇佐川局長が決裁をするのです」

じっと話を聞いていた鳥居部長が言った。

「するってえと、ナニかい？　局次長にしたはいいが、五十嵐大佐は飼い殺しだってことかい」

「飼い殺しというのはずいぶんな言い方ですが、まあ、それに近いものでしょう」

岡崎は訳がわからなくなった。

「いったい、どうしてです。二代前の局長の時代にはまったく日の目を見られなかった五十嵐大佐を、宇佐川局長が重用されたのでしょう？　それは、間違いなく出世をされたということでしょう」

繁田がこたえる前に、鳥居部長が言った。

「宇佐川局長は、何かの理由で五十嵐大佐を監視下に置いておきたいということじゃないのかい」

それを聞いた繁田がかぶりを振った。

「私ごときには、局長の思惑まではわかりかねます。しかし……」

鳥居部長が尋ねた。

「しかし、何だい」

「局長を見ていると、そう言われても違うとは言い切れないですね」

岡崎は尋ねた。

「宇佐川局長が、五十嵐局次長を監視下に置いておきたいとしたら、それはなぜなのでしょう」

「私は知りませんよ。本当です」

嘘（うそ）はついていないと岡崎は思った。繁田の立場では、このあたりまでが限界なのだろう。

岡崎は別の方向から質問してみることにした。

「本庄大佐は前途有望だったと、宇佐川局長がおっしゃっていましたね」

「ええ。局長は特に、本庄課長に期待をしている様子でした。将来は、自分のあとを継いで、軍務局長になる人物だとも言っていましたね」

「そんな本庄課長のことを、五十嵐局次長は、どう思っておいでだったでしょう」

「ほらね……」

繁田が言った。「そういうことを言われるので、五十嵐局次長の話をするのは嫌だったんですよ」

「どういうことですか」

「五十嵐局次長が怪しいと、まるで私が言っているようじゃないですか。そんなことはないんです。五十嵐局次長と本庄課長は、うまくやっていましたよ。二人の間にわだかまりなどありませんでした」

鳥居部長が言った。

「それは、あんたの眼から見て、ということでしょう」

「誰の眼から見てもそうでしたよ。二人の間に問題などありませんでした」

鳥居部長は言った。

「なるほど……」

うなずいたが、本当に納得したかどうかはわからない。

岡崎は言った。

「では、五十嵐局次長からお話をうかがえますか?」

繁田の態度次第で、彼が言っていることが本当かどうかわかると思った。繁田は、平然と言った。

「私の言うことが信じられないのなら、ぜひそうなさってください。今、五十嵐局次長の都合を訊いてまいります」

繁田が立ち上がり、部屋を出て行った。

鳥居部長は考え込んでいる。繁田の態度からすると、嘘は言っていないようだ。つまり、五十嵐局次長と本庄大佐の関係は悪くなかったということだ。

鳥居部長が何を考えているか気になった。だが岡崎のほうから声をかけるのは、はばかられた。

やがて、繁田が戻ってきて言った。

「五十嵐局次長がすぐにまいります」

その言葉どおり、ほとんど間を置かず、五十嵐軍務局次長がやってきた。

先ほど、軍人らしくないと感じたが、その印象はまったく変わらなかった。陸軍の将校は皆、髭（ひげ）を生やしていてたくましいと思っていたが、五十嵐はまったく違っていた。

髯（ほおひげ）も生えていないし、色白だ。たくましさは感じない。その代わりに、知的で穏やかな印象があった。

「本庄大佐の件で、何か訊きたいことがおありだとか……」

静かな声音だった。

鳥居部長が岡崎を見た。「おまえの仕事だ」という態度だった。

岡崎は言った。

「宇佐川局長に、本庄大佐についてうかがいました。局次長のあなたにも同じことをうかがっておく必要があると思いまして……」

「本庄の何をお訊きになりたいのでしょう」

「彼の仕事ぶりとか……」

「まことに立派な男でした。ロシアとの開戦以来、陸軍省は大忙しです。本庄がいてくれたからなんとかなったと言っても過言ではありません」

「宇佐川局長の評価も高いようでした」

「当然でしょう。誰が見ても、本庄は優秀な男でした。能力が高く、その上やる気もあり、苦労を厭（いと）わぬ男でした」

「長州閥だったのですね」

「そうです」

「今の軍隊では、長州閥でないと出世は望めないという話を聞いたことがあります」

「そんなことはありません、と言いたいところですが、実際にはそうですね」

「あなたも長州出身ですね？」

「そうです」

「なのに、宇佐川少将が軍務局長になられるまでは、なかなか出世の機会がなかったとうかがいました」

岡崎は、かなり思い切ってこの質問をした。相手を挑発するのも警察官の尋問の手だ。

だが、五十嵐は穏やかな表情を変えなかった。

「そのとおりです。しばらく出番がありませんでした」

「何か理由があるのですか？」

「別に理由などないでしょう。巡り合わせというものだと思います。私に好機が巡ってきたのは、戦争のせいだと思います。平時と違い、戦争となればありとあらゆる人材が必要になりますからね」

戦争がなければ、自分が日の目を見ることはなかったと言っているようだ。ただの謙遜だろうか。それとも、本当にそう考えているのだろうか。

岡崎には判断がつかなかった。

次に何を訊くべきか考えていると、鳥居部長が言った。

「本庄大佐のことを、どう思っていなすった?」

五十嵐は穏やかな眼差しを鳥居部長に向けた。

「彼は火のような男でした。私とは対照的でしたよ。ですから、私は羨望を感じていましたね」

「ほう。羨望……」

「そうです。彼の実行力はずば抜けていました。こうと決めたら、何が何でもやり抜く男でした」

そのとき、繁田が口を挟んだ。

「一方で、本庄大佐も、常に冷静な五十嵐大佐を尊敬しておられました」

おや、と岡崎は思った。その言葉と声音に敬愛ともいえる感情がにじんでいるように感じられたのだ。

「そういうもんだろうね」

鳥居部長が言った。「人間、自分にないものに憧れるもんだ。お二人はいいお仲間だったというわけですね」

五十嵐は静かにうなずいた。

「そうだったと思います。彼がいなくなったことが残念でなりません」

「犯人にお心当たりはないでしょうか」

五十嵐はかすかに眉をひそめた。

「心当たりなどあろうはずがありません。行きずりの犯行なのではないですか。彼の殺害を企てる者がいるなど、考えられません」

「陸軍省で働いていれば、いろいろと軋轢もあるでしょう」

「仕事の軋轢は、仕事で解決できます」

鳥居部長はしばらく五十嵐局次長を見つめていた。相手は、きわめて冷静な態度で見返していた。

やがて鳥居部長が言った。

「ご協力を感謝いたします」

五十嵐局次長はかすかにうなずき、立ち上がった。


警視庁へ戻る自動車の中で、鳥居部長が岡崎に言った。

「あの五十嵐って男、どう思う？」

岡崎は緊張した。試験をされているように感じたのだ。

「はっ。表情の読めない方でした」

悪い印象はまったくなかった。岡崎は、そう言うにとどめた。

「繁田は、本庄大佐と五十嵐大佐の関係は良好だったと言った。そして、五十嵐大佐本人もそう言っていた……」

後半は独り言のような口調だった。

岡崎は言った。

「二人が嘘を言っていたとは思えませんね」

「だが、そうなると、繁田の妙な態度の説明がつかねえんだ」

そうだった。

繁田は、軍務局長室に五十嵐が姿を見せたときに、明らかに緊張した面持ちになった。

それはいったいなぜだったのだろう。

「それにさ……」

鳥居部長が言う。「宇佐川少将の話からすると、五十嵐大佐と本庄大佐の仲がよかったって話が、どうも信じられねえんだ」

「五十嵐大佐が嘘をついているとは思えませんでした」

「宇佐川少将が本庄大佐をかわいがっていたのは明らかなんだぜ」

「でも、宇佐川少将が軍務局長になって、五十嵐大佐が出世したことは事実なのですから……」

「繁田が認めたじゃねえか。宇佐川少将は、五十嵐大佐を冷遇していたって……」

「はあ、そうでしたね……」

「なんだい。繁田に話を訊きてえって言い出したのは、おめえだぜ」

「そうなんですが……。正直に申し上げると、話を聞いて余計にわからなくなったような気がします」

「おい、頼りねえな」

「質問してよろしいですか?」

「何でえ？」

「部長は、五十嵐大佐を怪しいとお考えですか？」

「さあてな……。実は俺にもわからねえんだ。おめえとおんなじで、俺も頼りねえんだ」

「いえ、そんなことは……」

「ただな……」

「は……？」

「俺は、宇佐川少将が言った一言がどうしても気になってな……」

「宇佐川少将の一言……？」

「長州だからいいというものではない。彼はそう言ったんだ」


警視庁に戻ったのは、昼少し前だった。

他の連中はまだ外回りから戻っていない。

服部課長が鳥居部長の席に近づいてきて言った。

「どちらにおいででした？」

「ちょっと陸軍省にな」

服部課長は驚いた顔になった。

「陸軍省……。それはまた、どうして……」

「本庄大佐の件に決まってるじゃねえか」

「一言、私におっしゃってくださらないと」

「朝早くに出かけたかったんでな。それより、ちょっと頼みがあるんだがな」

「は、何でしょう」

「本郷署の黒井警部を呼んでくれねえか？」

「黒井警部ですか……」

「話を聞きてえんだ。電話をかけてくんな。あ、来るのは昼飯の後でいいと言ってくれ。こちとらも昼飯を食わなけりゃならねえ」

「了解しました」

服部課長は、壁に設置されている電話のところへ行き、受話器を取って耳に当て、ハンドルをぐるぐると回した。

その様子を見ながら、鳥居部長が岡崎に言った。

「おめえは、黒井と直接話をしていたな？」

「はい。薬売りに会おうと、本郷署を訪ねた折に……」

「じゃあ、おめえも立ち会ってくんな」

「はい」

服部課長が戻ってきて、鳥居部長に告げた。

「一時過ぎにやってくるそうです」

「わかった。じゃあ、俺たちは飯にするか」

黒井警部は午後一時ちょうどにやってきた。警視庁の部長に呼ばれたので、緊張している様子だ。

岡崎と荒木が本郷署を訪ねたときとは別人のように神妙な面持ちで、鳥居部長の席の前に立った。

岡崎は、部長に言われたとおり、黒井警部の脇に立った。黒井警部は岡崎を一瞥（いちべつ）したが何も言わなかった。

もしかしたら覚えていないのかもしれないと、岡崎は思った。

「わざわざ足を運んでもらって、すまねえな」

鳥居部長が言うと、黒井警部はさらに緊張した顔になった。

「何か、私に聞きたいことがおありとか……」

「薬売りのことだよ」

「薬売りですか……」

「高島先生の遺体を最初に発見して知らせてきたんだろう」

「ああ、あの薬売りですか……」

その薬売りに決まっている。

岡崎は思った。黒井警部は、できればシラを切りたいと思っているのではないだろうか。だが、鳥居部長がそんなことを許すはずもない。

「そこにいるのは岡崎ってんだ。俺んとこの巡査だ。知ってるよなあ」

「はあ……」

黒井の返答は曖昧だった。やはり覚えていないようだ。

「岡崎が薬売りに話を聞こうと、本郷署を訪ねたとき、おめえさんは、すでに帰したと言ったそうだね？」

「はて、そうだったでしょうか……」

「岡崎がそう言っている。俺の配下の者が嘘をついたと言うのか？」

「いえ、決してそのようなことは……」

「一昨日のことだ。忘れたとは言わせねえ」

「覚えております。たしかに、そのように申しました」

「だがそのとき、薬売りはまだ本郷署内にいた。違うかい？」

「それは……」

黒井警部は顔色を失った。

「俺に嘘は言わせねえよ」

鳥居部長は迫力があった。強い口調ではない。だが、その眼力が逆らうことを許さない。

黒井警部はただ黙ってうつむくだけだ。

鳥居部長が身を乗り出して、声を落とした。

「誰かにそう言えって言われたんだろう？」

黒井警部は顔を上げた。救いを求めるように鳥居部長を見ている。部長の言葉がさらに続く。

「薬売り本人かい？　そして、おめえさんは、やつの正体を知っていたから逆らえなかった。そうだろう」

黒井警部は、そっと周囲を見回した。

「ここじゃ話しにくいかい？　じゃあ、俺の部屋に行くかい？」

鳥居部長はいつも、大部屋に置かれた机に向かっている。部長席は課長の机と並んでいる。だが、実はちゃんと部長室があり、正式な席はそちらにある。

部下たちの顔が見える場所がいいと、いつもはあえて大部屋の席に座っているのだ。

鳥居部長は立ち上がり、廊下に出ると部長室に移動した。黒井警部と岡崎はそれに従った。

最後に部長室に入った岡崎がドアを閉める。席に着いた鳥居部長が言った。

「さあ、ここなら本当のことが言えるだろう」

黒井警部は、ようやく話しだした。

「おっしゃるとおり、薬売りの男から、しばらく本郷署にいるが、俺はすでに帰ったということにしてくれ、と言われました」

「巡査や新聞記者などに詮索（せんさく）されたくなかったからだろうな。おめえさん、薬売りの正体を知っているね？」

「はい」

「何者だ？」

「誰にも言うなと言われています」

「誰に言われた？」

「薬売り本人です」

「俺は警視庁の警視だ。おめえさんの上司だぜ。俺の命令とその薬売りの言いつけと、どちらを選ぶんだ？」

「それは……」

黒井警部は、再び助けを求めるような眼差しを鳥居部長に向けた。

「これは殺人の捜査だぜ。しかも、連続殺人だ。誰が何を言おうが、犯人を挙げねえことには警視庁の面目が立たねえぜ」

「はい……」

「察しはついているんだ。だが、おめえの口からそれを聞きてえ」

黒井警部が大きく深呼吸をした。鳥居部長には逆らえないと、ようやく腹をくくったようだ。

「彼は、狭間太郎（はざまたろう）と名乗りました」

「何者だい」

「内務省の間諜（かんちょう）です」

鳥居部長と岡崎は顔を見合わせた。

部長がうなずいた。西小路の推理が正しかったことが証明されたのだ。

17

「内務省の間諜が、どうして遺体を発見して警察に知らせることになったんだろうな……」

鳥居部長が、黒井警部に尋ねる。

黒井警部は、汗をかいていた。今日も暑いが、暑さのせいばかりではあるまいと、岡崎は思った。

「さあ……。詳しいことは存じません」

「詳しくなくてもいい。知っていることを教えてくんな」

「それも口止めされているのですが……」

「何度も同じことを言わせるな。おめえさんの上司は誰なんでえ？」

「そうは言われましても……」

「言いてえことはわかるよ。たしかに俺は上司だが、その上には警視総監がいる。安立綱之総監の前職は、内務省警保局長だった。そして、警視庁そのものが内務省の指揮下にある」

「はい……」

「けどな、何でもかんでも内務省の言いなりってのは、面白くねえだろう。警視庁は警視庁だよ。でなけりゃ、まっとうな捜査なんぞできゃしねえ。そうじゃねえかい」

「はあ……。そうではありますが……」

「そう思うんだったら、知ってることを話すんだ」

「ほとんど知らないも同然なのですが……」

「高島先生と、薬売りが連れだって歩いているのを見たって人がいるんだ。その薬売りは、狭間太郎に間違いあるめえ。二人は顔見知りだったんだ。その二人が同じ手口で殺された。これを黙って見過ごしたとあっちゃ、警視庁の名折れだぜ」

「たしかにそうですが……」

「内務省が怖いのかい」

黒井警部は一瞬ためらってから言った。

「怖いです」

「何が怖い。ただの役所じゃねえか」

「内務省の上には、山縣侯がおられる。あの方には誰も逆らえません」

「殺人の捜査をしたからって、山縣侯に逆らうことにはなるめえよ」

黒井警部は押し黙った。

彼はいったい、何を知っているのだろう。岡崎はそう思った。

鳥居部長の表情が厳しくなった。部長も同じことを思ったのだろう。黒井警部は何かを知っていて、隠そうとしているのだ。それを許す鳥居部長ではない。

「俺に隠し事しようったって無駄だぜ。なんなら、取調室に行こうか?」

黒井の額の汗が増えた。

「まさか……。厳しい調べをされるということですか?」

つまり、口を割らせるために拷問をするつもりかと訊いているのだ。

「だから言ってるだろう。隠し事は許さないって」

黒井警部の顔色が悪くなる。次から次へと額に汗が噴き出してくる。もしかしたら気を失うのではないだろうか。

岡崎がそんなことを思ったとき、黒井は意を決したように顔を上げて鳥居部長を見つめた。

「薬売りがやってきてこう言いました。不忍池(しのばずのいけ)に何か浮いている。人の死体かもしれない、と……」

「本郷署に訪ねてきてそう言ったのか？」

「そうです。私はすぐに、巡査を連れて、薬売りとともに現場に向かいました」

「そして、遺体を発見した……」

「そうです」

「狭間はその時、被害者については何も言わなかったのかい」

「何も言いませんでした。ただ、ずいぶん怪しいと感じて、再び署に連れていって話を聞くことにしました。本郷署に着いたとたんに、彼の態度が変わりました」

「態度が変わった？　どういうふうに？」

「それまでは、腰が低かったんですが、急に巡査に対して命令口調になったのです。巡査が怒鳴りつけると、逆に大声で言い返されました。すぐに、人目につかない部屋を用意しろと……」

「巡査が黙って言うことをきくはずはねえな」

「そうです。巡査はさらに激高して怒鳴りつけました。そこで私が出ていって話を聞くことにしたのです。すると、狭間は名乗ってから、こう言いました。自分は内務省の密偵だ。何も言わずに言うとおりにしろ、と……」

「何か身分を証明するようなものを見せたのかい？」

「いいえ、そのようなものはありませんでした」

「それで、おめえさん、信じたのかい」

「内務省と言われたら逆らえません。嘘ではないかと思う反面、ぞんざいに扱って、後に本当だとわかったら、と思うと……。それに、狭間の話は信憑性がありました」

「どういう話だったんだ？」

「狭間は、被害者を守る立場だったと言いました」

「被害者を守る立場……？　いったい、誰から守るんだ？」

「彼らを殺害したやつからでしょう」

「だから、それはいったい何者なんでえ」

「それはわかりません」

「狭間は何も言わなかったのかい」

「はい。犯人については何も……」

内務省の間諜が大学の教師を守る……。いったいそれは、どういうことなのだろうと、岡崎は考えた。

学生の蔵田が二人の後ろ姿を見かけたとき、彼らは何を話していたのだろう。もしかしたら、狭間は高島に注意を促していたのではないだろうか。

あるいは、身の回りで変わったことがないか尋ねていたとも考えられる。

結局、高島を殺害した犯人に、狭間も殺されることになったわけだ。

その理由はいったい何なのだろう。

謎(なぞ)が深まるばかりだ。岡崎にはさっぱりわからなかった。

「そこにいる岡崎たちが会いにいったとき、狭間を帰したと嘘を言ったのはなぜでぇ」

「彼にそう言われたからです」

鳥居部長は渋い顔になって言った。

「おたくの署長に電話して話を聞いたんだ。署長は言った。薬売りについては、内務省が調べるので手を出すなと……」

それで、鳥居部長は薬売りについて捜査を保留にすると言ったのだ。

黒井警部が言った。

「狭間のことを報告しましたからね。署長は、内務省に確認を取ったのでしょう。そして、そう言われたのだと思います」

「まあ、そういうこったろうね。狭間の遺体が見つかった現場にも内務省のやつらがやってきたよ。俺たちは追い出されちまった」

「殺されたのが密偵だったのですから、当然の措置でしょう」

「面白くねえな……」

鳥居部長は、また顔をしかめた。「俺たちの知らねえところで、何かが起きている。そして、人が三人も死んだ」

黒井警部が、おそるおそるといった体で言う。

「あのお……、この際、内務省に任せてしまってはいかがでしょう」

鳥居部長が、黒井を見た。黒井は首をすくめた。鳥居部長が怒り出すと思ったのだろう。岡崎もそう思っていた。

だが、そうではなかった。鳥居部長はにっと笑みを浮かべたのだ。凄みのある笑いだった。

「面白くねえと言っただろう。俺がそんなことをすると思うかい」

「内務省に逆らうということは、山縣侯に逆らうということですよ」

「そんな大げさな話じゃねえよ。こいつぁ、殺人の捜査なんだから、山縣侯は関係ねえと言っただろう」

「そうでしょうか……」

「ともかく、だ。おめえさんは、狭間から直接話を聞いたんだろう？　何か手がかりになるようなことはねえのかい」

「さあ……。なにせ、狭間は、不忍池に死体が浮いていると言っただけです。被害者の素性も言わなかったのです」

「やつは、高島先生の身辺を見張っていたのだろうね」

「警護をしようと思ったら、見張ることになるでしょうね」

「だったら、高島先生がどういう暮らしをしていたか、詳しく知っていたはずだな」

「しかし、彼らが殺された今となっては、どうしようもありません」

「ふうん……」

鳥居部長は考え込んだ。しばし沈黙が続いたので、岡崎は言った。

「あのお……」

鳥居部長が尋ねる。

「何でえ。何か言いたいことがあるのかい」

「城戸子爵令嬢が、何かご存じかもしれません」

「子爵令嬢……？　たしか、喜子さんだったかな。それが、どうして……」

「狭間は高島先生の身辺を見張っていたのでしょう。ならば、城戸子爵令嬢に会いに行ったときも、尾行していたかもしれません。ならば、子爵令嬢が何か見ていたかもしれないと思ったのです」

「おまえさん、令嬢にお目にかかったんだね？」

「はい。葦名警部にお供して、お宅をお訪ねしました」

「美人だったのかい」

「は……？」

「おまえさんが、もう一度会いに行きたくなるんだから、美人だったんだろうと思ってさ」

岡崎は意外なことを言われて、しどろもどろになった。

「いえ……、決して会いに行きたいわけではなく……」

鳥居部長は笑った。

「まあいいさ。たしか女子高等師範学校に通っておいでだったな」

「はい。高島先生はよく、彼女が下校されるところを待ち伏せしていたということです」

「それで、藤田翁と知り合ったわけだ」

「そういうことです」

「ならば、藤田翁も何かご存じかもしれない」

「でも、藤田さんは遺体をご覧になっています。狭間を知っていたとしたら、その時にお気づきになるのでは……。なのに、何もおっしゃいませんでした」

「俺は現場で藤田翁に、傷を見てくださいと言ったんだ。そして、すでに暗くなっていたので西小路君がカンテラで遺体を照らした。その時、顔ではなく胸の傷を照らしたんだ」

「つまりあの時、藤田翁は、遺体の顔をご覧になっていないということですか?」

「そういうことだな」

「でも、その後、被害者が薬売りだろうということは、お伝えしました。もし、何かご存じなら、その時に発言なさるのではないでしょうか」

「訊かれねえことにはこたえねえ。そういうことかもしれねえぜ。侍は余計なことは言わねえもんだ」

なるほど、そうかもしれないと、岡崎は思った。鳥居部長が言うと説得力がある。

「あのう……」

置いてきぼりのような恰好になっていた黒井警部が言った。「他に何か、お知りになりたいことはございますでしょうか」

「何か思い出したのなら話してくんな」

「もうお話しするようなことはございませんが……」

「おめえも警察官だろう。狭間の言ったことで、何か閃いたようなことはねえのかい」

「閃きですか?」

「おうよ。まったく、私立探偵のほうがましなことを言うぜ」

「そう言えば、独り言のように、こんなことを言っていました。ドイツっていうのは、そんなにいい国なんだろうか、と……」

「何だい、そいつぁ」

「さあ、わかりません」

鳥居部長が岡崎に尋ねた。

「おめえさん、どう思う?」

「高島先生の主張についての感想じゃないでしょうか」

「まあ、たぶんそうだろうぜ。だが、おめえさん、それを聞いて何か閃いたってわけだな?」

黒井が言う。

「閃いたというほどのことではありませんが、何か唐突な言葉のような気がしました」

「唐突ね……」

「ぽつりとつぶやくように言ったのです」

「なるほど……」

岡崎は気になって言った。

「もし、それが高島先生の主張についての発言じゃなかったとしたら、何だったのでしょう?」

鳥居部長が鼻から大きく息を吐いて言った。

「いずれわかるかもしれねえ。黒井警部、ご苦労だったな。話はこれくらいでいいだろう」

黒井警部は即座に立ち上がった。

「はっ。では失礼します」

一刻も早くここから立ち去りたい様子だ。

黒井警部が出て行くと、鳥居部長が言った。

「ふん。内務省か。やっぱり面白くねえな」


鳥居部長と岡崎が席に戻ると、藤田五郎と葦名警部が戻ってきていた。

鳥居部長が葦名警部に言った。

「おう、何かわかったかい」

「目撃情報はありません」

「ふうん……。凶器がもしレイピアだとしたら、かなり長いものだ。それを持ち歩けば目立つはずだがな……」

　藤田が言った。

「仕込み杖かもしれない。葦名さんは最初、私の杖も仕込み杖だと思ったようでした」

　葦名が無表情なまま言った。

「万が一そういうこともあると思っただけです」

「犯人がレイピアを仕込んだ杖を持って歩いているというのは、あり得ることだ」

　藤田の言葉に、鳥居部長はうなずいた。

「そうですね。あるいは、別の何か長いものですね。レイピアなんぞ持ち歩くと目立ちますからね」

「そう。あなたがたのサーベルのようにね」

「他に何か気づかれたことは？」

「気づいたというか、三人目の被害者の殺害場所が、本庄大佐宅のすぐ近くというのが気になりますね」

　藤田には、第三の被害者が内務省の間諜であり、高島と関わりがあったという事実は、まだちゃんと知らせていない。

　鳥居部長が言った。

「俺たちは、城戸子爵令嬢から話を聞いてこようと思っています。その前に、いろいろとお話をうかがえませんか。お知らせしたいこともありますし」

「かまいません」

「では、こちらへ……。葦名と岡崎も来てくんな」

再び部長室へ戻ることになった。

机の前に椅子(いす)があり、葦名と藤田はそこに座った。岡崎は立ったままだった。

鳥居部長が藤田に言った。

「少し事件のことを整理したいと思います。第三の被害者は、第一の事件の遺体を発見して本郷署に知らせた人物でした」

藤田は無言でうなずく。

鳥居部長の話が続く。

「しかして、その正体は、内務省の間諜だということです」

それでも藤田に驚きの表情はなかった。

鳥居部長の説明はさらに続く。

「その名を、狭間太郎といいます。狭間は、高島先生の遺体を発見したと言っておりましたが、実は高島先生の身辺警護をしていたと思われます。守るためには、ぴたりと張り付いて、高島先生に近づく者を監視しなければなりません」

藤田が口を開いた。

「それ故に、薬売りの恰好をして市中を歩き回っていたということですか」

「薬売りなら、どこを歩いていても怪しまれることはありません」

「なるほど……」

怪しくないわけではない、と岡崎は思った。事実、荒木などは薬売りと聞いただけで怪しいと言ったのだ。

怪しまれても言い訳ができるということだ。どんな場所にいても、薬を売るためだと言うことができる。

鳥居部長が藤田に言った。

「そこで、一つうかがいたい。高島先生の近くで、薬売りを見かけたことはありませんか」

「薬売りは見かけませんでしたが、妙な俥屋(くるまや)には気づいておりました」

「俥屋……」

「下校時には、学校の俥寄せに、俥が集まってきます。高島先生がお見えになるときに限って、決まった俥が停(と)まっていたのです」

「どのように妙だったのですか?」

「人を乗せたまま停まっているのです」

「どんな人が乗っていましたか?」

「いつも幌(ほろ)をかけていたので、中にいる人物はよく見えませんでした」

「もしかすると、そん中にいたのは、狭間かもしれませんねえ」

「内務省の間者だと言われれば、なるほどと膝(ひざ)を打ちます。幌に隠れて姿は見えませんでしたが、油断のない気配を感じました」

「気配ですか。さすがですね。だとすれば、それは狭間と考えて間違いないでしょう」

「その狭間という男は、高島先生を守ろうとして結局それを果たせず、自分も殺されたということですね」

「そういうことになります」

「狭間は、誰が高島先生を殺したのか、知っていたのですね？」

「誰が殺したか、というより、誰が殺させたか、ということだと思いますが……」

「それは、つまり、内務省が知っているということですね」

「知っているでしょうねえ。だが、警察には手が出せません。警察は内務省警保局の指揮監督下にありますので……」

藤田の眼光がにわかに鋭くなったのを、岡崎は横から眺めていた。見つめられているのが自分でなくてよかった。あんな眼で見られたら、たちまちすくみ上がってしまうに違いない。岡崎はそう思っていた。

さすがに鳥居部長は平気だった。はたと藤田を見返すと、言葉を続けた。

「ただし、俺は手をこまねいているわけではありません」

「ほう……」

鳥居部長は葦名警部に言った。

「陸軍省に、五十嵐惣五郎という大佐がいる。そいつを徹底的に洗ってくんな」

18

葦名警部はあくまでも冷静な声音で言った。

「五十嵐惣五郎ですか……」

「軍務局次長だ」

「わかりました」

葦名警部は、命じられたことを淡々とこなす。命令に疑問を差し挟んだりはしない。

藤田が鳥居部長に言った。

「軍務局次長のことを調べるというのですか？」

「そうです」

「どんな人物なんです」

鳥居部長が岡崎を見て言った。

「おう、説明して差し上げな」

突然のことで、岡崎は慌てた。あたふたしながら、なんとか五十嵐大佐の風貌から、陸軍省で見聞きしたことまでを説明した。

話を聞き終えると、藤田は言った。

「ずっと冷遇されていたのに、宇佐川軍務局長が局次長に登用したというのですね？」

「そういうことです」

「登用されたはいいが、実際の権限はなさそうだと……」

「おそらく、宇佐川少将が、眼の届くところに置いておきたいと考えたのではないでしょうか。それを、軍事課の繁田という男に言ってみました。繁田は、はっきりとは認めませんでしたが、否定もしませんでした」

「監視しておきたいと……」

「はい」

「何のために……？」

「それはまだ、わかりません。ですから、洗う必要があると思うのです」

藤田は、しばらく間を取ってから鳥居部長に尋ねた。

「五十嵐惣五郎という男が、怪しいと、部長はお考えなのですか？」

鳥居部長はおもむろにうなずいた。

「はい。怪しいと思っています」

これにはさすがに、葦名警部も驚いた様子だった。はっと顔を上げて鳥居部長の顔を見つめた。

もちろん、岡崎も驚いていた。

繁田が、五十嵐大佐について、何か曰くありげな態度を見せていた。それには気づいていたが、まさか五十嵐大佐本人が怪しいとは考えてもいなかったのだ。

藤田がさらに尋ねた。

「その根拠は？」

「ありません」

「ない？」

「そう。今はありません。ただ、警察官の勘が騒ぐんですよ。少なくとも彼は、事件と何か関係があるはずです」


「え、部長が直々にですか……」

鳥居部長が城戸子爵邸に出かけると言ったら、服部課長が目を丸くした。

「いけねえかい。さっき、陸軍省にも出かけたぜ」

「そりゃまあ、陸軍省ではお偉いさんにもお会いになったのでしょうから……」

「子爵令嬢だって充分に偉いじゃねえか」

「子爵なら偉いでしょうが、令嬢はどうでしょう」

「いいじゃねえか。俺の留守（るす）はおめえさんがしっかり守ってくれているんだ」

服部課長は泣きそうな顔になる。

「部長が決裁されるべき書類もたくさんあるんです」

「会ってみてえんだよ。なんせ、岡崎がぜひとももう一度お目にかかりてえ美人だって言うもんで……」

服部課長が岡崎を睨（にら）んだ。

岡崎は慌てて言った。

「あ、いや……。私はそんなことは申しておりません」

鳥居部長がにやにや笑いながら言った。

「でも、会いてえんだろう」

「いえ、別に私は……」

「俺は会ってみてえな。高島先生が見初めて熱を上げた相手だ」

鳥居部長は服部課長に視線を移した。「……というわけで、出かけてくらあ。自動車を正面に回してくんな」

岡崎はまたお供をすることになった。

葦名警部はすでに五十嵐大佐についての捜査のために出かけて行った。藤田はどうやら葦名警部に同行するようだ。

荒木たち巡査と西小路はまだ戻って来ない。服部課長は部長の留守を守らなければならない。そういうわけで、部長のお供をするのは岡崎しかいなかったのだ。

自動車は俥や馬車よりもずっと速い。電車の停留所まで歩く必要もない。実に快適だった。

電車の普及で、東京は広くなった。江戸時代は下町が中心だったが、どんどん周辺が発展していった。

もし自動車が普及したら、もっと東京は広くなり、同時に時間的には狭くなっていくに違いない。

自動車の助手席で、岡崎はそんなことを考えていた。

午後四時少し前に、自動車は城戸子爵邸に到着した。前回と同様に、玄関で扉の脇にある紐を引き、呼び鈴を鳴らした。

しばらくして女中が出てきた。岡崎は言った。

「お嬢様にお会いしたいのですが、お戻りですか?」

「ええ、つい先ほど……。お待ちください。奥様にうかがって参ります」

この手順も前回と同じだった。そして、応接室に通された。

やはり前回と同じように、まず子爵夫人がやってきて挨拶をし、しばらくして令嬢の喜子が姿を見せた。

爵位を持つ家柄となると、気楽に人に会うわけにもいかないのだろうか。それとも、こちらが警察だから警戒しているのだろうか。

岡崎は、喜子に会うまでの煩雑な儀式について、そんなことを考えていた。

岡崎は言った。

「こちらは警視庁第一部の鳥居部長です」

鳥居部長は笑みを浮かべて喜子を見た。

「突然訪ねてきて、申し訳ありません。岡崎のことはご存じですね? こいつがもう一度お嬢さんにお目にかかりたい、なんて言うもんで……」

そんなことは言ってないのだが……。

鳥居部長が続けて言う。

「俺も一目ご尊顔を拝見したかったというわけで……」

喜子は困惑したような表情で言った。

「ご冗談でしょう」

「いや、聞きしに勝る美貌です」

喜子は顔を伏せた。

鳥居部長は、子爵夫人に言った。

「ご自慢のお嬢さんでしょうな」

「はい。私が申すのもなんですが、よくできた子でして……」

「ならば、お一人でもだいじょうぶでしょう」

「はあ……?」

「お嬢様だけにお話ししたいこともありましてね」

「それは認められません。私は母親なので、ここにいる責任があります」

「もしかしたら、ご両親にも言いたくないようなことをうかがうかもしれないのです」

「隠し事は許しません。喜子はまだ学生なのです」

「隠し事とかそういうことじゃねえんで……」

鳥居部長は、六方詞を使いはじめた。「これからうかがうことは、殺人事件の証拠となるかもしれねえんですよ。発言にためらいがあっちゃならねえということです」

鳥居部長はそう言いながら、子爵夫人を見据えた。その眼差しには迫力があった。犯罪者たちを震え上がらせる眼だ。

子爵夫人は、わずかに顔色を変えた。

「保護者として立ち会う義務があります」

「こういう場合は、学生だろうが、子供だろうが、一人でお話をうかがうことになってましてね……」

必ずしもそうとは言えない。犯罪人の取り調べではない。鳥居部長に、はったりをきかせているのだ。

子爵夫人は、無言で鳥居部長を見返している。警察の言いなりになるのが悔しいのだろう。

鳥居部長が言った。

「お嬢様に失礼なことは決して言わねえと約束しますよ。俺を信じておくんなせえ。お願えしやす。このとおりだ」

頭を下げた。

「わかりました。ただし、長い時間はだめです」

子爵夫人の顔を立てたというわけだ。さすがは鳥居部長だと、岡崎は思った。

子爵夫人が部屋を出て行った。

喜子は顔を伏せたままだ。まだ照れているのだろうか。岡崎がそう思ったとき、彼女はぱっと顔を上げた。

そして、大きく息を吐いた。それまで、ぴんと背筋を伸ばしていたのだが、ソファの背もたれにどすんと体をあずけた。

岡崎は、何事かと目を見開いて喜子を見た。

喜子が言った。

「まったく、堅苦しくて、肩が凝るわ」

さすがの鳥居部長も声がない。喜子は部長を見て言った。

「ご尊顔を拝見ですって……」

くすくすと笑った。「笑いをこらえるのに苦労したわ」

岡崎は訳がわからず、鳥居部長の顔を見た。すると、鳥居部長は、にっこりと笑って言った。

「聞きしに勝る美貌ってのは本当のことだ」

「そんなことをおっしゃっても、何も出なくってよ」

「本当のことを教えてくれりゃあ、それでいいんだ」

「何をお訊きになりたいの？」

「まずは、高島先生との関係だな」

喜子は背もたれに寄りかかったまま、さっと肩をすくめた。

「言い寄られていたのはご存じなんでしょう？」

「知ってるよ。それについて、お嬢さんはどう思っていなすった？」

「そうね……。悪い気はしなかった」

鳥居部長は、また笑みを浮かべた。

「そうやって正直に話してくれると助かるな」

「そのために、母を追い出したんでしょう？」

「追い出したはねえでしょう」

「おかげで、しゃべりやすくなりましたけどね」

「文をもらったんだね？」

「ええ、何度か……」

「どうやら、一方的だったわけじゃなさそうだね？」

「お返事を書いたわ。でなけりゃ、失礼でしょう」

「そういう文はね、気がなけりゃ放っておいていいんだよ」

「返事を書きたかったの。なかなか面白いお手紙だったわ」

「恋文だったのかい？」

「そうねえ……」

喜子はまた、くすくすと笑った。「あれ、恋文って言うのかしら……」

「どんな文だったんだい？」

「季候の話から始まったと思ったら、戦争の話、日本を巡る世界の動きや、日本の行く末について……。そんなことが書いてあった」

「どうも、女を口説く文じゃねえなあ……」

「高島先生はそういう方だったわ」

喜子の表情がふと曇った。

若い女への手紙に、国際情勢や政治の話を書く。とんだ唐変木(とうへんぼく)だと、岡崎は思った。だが、どうやら、喜子はその唐変木が気に入ったらしい。

「下校時に待ち伏せされたそうだね？」

「最初は、気味が悪かった。……で、庶務のおじいさんに相談したの」

「藤田さんだね？」

「そう。庶務のおじいさんが話をしてくれて……。そんなに悪い人じゃないと教えてくれた。そして、高島先生の手紙を渡してくれたのよ」

鳥居部長がうなずいた。

「高島先生が、お嬢さんを待ち伏せしていたときのことを教えてもらいたい。何か、気づいたことはなかったかい？」

喜子の表情が曇る。

「気づいたこと……？」

「どんなことでもいいんだ。怪しいやつを見かけたとか……」

喜子は考え込んだ。

「そう言えば、人が乗ったままの俥が、俥寄せに停まっていたわ」

藤田も同じことを言っていた。その俥の中の人物はおそらく、狭間だったのだろうと、岡崎は思った。

「高島先生の手紙に、身の危険を感じている、というようなことは書かれていなかったのかい？」

「いいえ。そんなことを書いて寄こしたことは一度もなかったわ。いったい、誰が先生のことを……」

彼女の眼に怒りの色が浮かんだ。

「それなんだが……」

鳥居部長が言う。「何か心当たりはねえかい？」

「心当たりねえ……」

喜子は考え込んだ。

「二人きりで会ったことはなかったのかい」

「なかったわね」

喜子は顔をしかめた。「学校からは真っ直ぐ帰らないと、母に叱られるので」

「じゃあ、高島先生の周囲で他に怪しいやつを見かけたこともないわけだ」

「あ、一度、高島先生との関係を聞きに来た男がいた」

「どんな男だい」

「若い男よ。学生みたいだったから、ひょっとして、高島先生の教え子かと思ったわ」

「人相を覚えているかい」

「目立たない顔立ちだったわ。中肉中背で……」

そのとき岡崎は、市ノ瀬のことを思い出していた。根拠はないが、その若者は市ノ瀬だったのではないかと想像した。

「目立たない顔立ちね……。何か特徴はなかったかい」

「あ、線が細い印象だったのに、意外とたくましい腕をしていると思ったわ」

「たくましい腕……」

「着物の袖（そで）から見えたの。肘（ひじ）から下だったけど、とても太かった」

「ふうん……」

市ノ瀬の腕はどうだったろう。

話を聞いたときはまったく気にしなかったので、覚えていない。

「ねえ……」

喜子が背もたれから身を起こして言った。「何か私に手伝えることはない？」

「ああ？」

「じっとしていられない気持ちなのよ」

「そう言うが、学校から真っ直ぐ帰らねえと、お母さんに叱られるんだろう？」

「何とかするわ」

「何とかって、どうするんだい」

「どうとでも言い訳できるわよ」

岡崎は、すっかり驚いていた。最初に会ったときの喜子と今の彼女では、まるで別人だ。

「ふうん……」

鳥居部長は考え込んだ。

まさか、承諾するつもりではあるまいな。

岡崎ははらはらしていた。素人に、しかも女学生に捜査を手伝わせるなど、とんでもないことだ。

やがて、鳥居部長が言った。

「その件は、庶務のおじいさんに伝えておく」

喜子が怪訝な顔をする。

「庶務のおじいさんに……」

「あんた、あの人がどういう人か知ってるかい？」

「どういう人って……。学校の庶務の人でしょう」

「新選組の斎藤一は知っているだろう」

「さあ……。聞いたことはあるような気がするけど……」

鳥居部長は溜め息をついた。

「徳川の世も瓦解も、遠くなったもんだねえ……」

ノックの音が聞こえた。

ドアが開き、子爵夫人が入って来た。とたんに、喜子は背筋をぴんと伸ばしてすまし顔になった。

子爵夫人が言った。

「そろそろよろしいでしょう」

鳥居部長が岡崎に言った。

「潮時だ。引きあげよう」


自動車の中で岡崎はふり向き、おそるおそる鳥居部長に言った。

「あのう。これは想像でしかないのですが……」

「何でえ？」

「子爵令嬢に高島先生との関係のことを尋ねたのは、市ノ瀬ではないかと思うのですが……」

鳥居部長は、何か別のことを考えているような顔でこたえた。

「そうかもしれねえなあ……」

自分の考えは間違っているのだろうか。そう思って、前を向こうとしたとき、鳥居部長が言った。

「だとしたら、狭間も市ノ瀬を見たかもしれねえな」

「そうですね……」

「そして、藤田翁も……」

その二人が市ノ瀬を見ていたとしたらどうだと言うのだろう。岡崎はわからなかった。それを尋ねようとすると、部長が言った。

「喜子さんが言った特徴は、市ノ瀬と一致するのかい」

「さあ、どうでしょう」

「おい。まったく頼りねえな」

「はあ……。子爵令嬢のほうがよっぽど観察眼が確かですよね。警察官として恥ずかしいです」

「まあ、女は男をよく観察するもんだ。男が女を観察するように、な」

「あの……」

「何だ?」

「子爵令嬢に捜査の手伝いを許すおつもりですか?」

鳥居部長はほほえんだ。

「いけねえかい」

「西小路に捜査をお許しになったと思ったら、藤田翁もです。そして、今度は子爵令嬢……。なんだか、警察官でない者がどんどん捜査に関わってくるようで……」

「西小路は帝大文科の出なので、高島先生のことを調べるのに便利だ。だが、それだけじゃねえよ。西小路伯爵は貴族院議員だ。そして、城戸子爵は、長州出身の陸軍中将だぜ」

「あ……」

岡崎は思わず声を上げた。

「ようやく気づいたかい。俺たち警察官は内務省には手が出せねえんだ。そういうときは、誰かに頼るのも手だろうぜ」

鳥居部長は、二手も三手も先を読んでいる。岡崎はそう思った。

19

日が沈む頃、高島の遺体発見現場付近を探索していた久坂と岩井が戻って来た。

いつも鳥居部長がいる大部屋の席が空いているのを見て、久坂が岡崎に尋ねた。

「鳥居部長は?」

「部長室におられる」

内務省警保局の眼や耳を警戒してのことだ。

岩井が言う。

「では、そちらに報告に行こう」

岡崎はうなずいた。

「俺も行こう」

三人で部長室に移動すると、鳥居部長が尋ねた。

「おう、何かわかったかい」

岩井がこたえた。

「不忍池の貸舟屋の話ですが、夜中に舟を出す者がいたということです。それが、高島先生の遺体発見の前夜のことらしいです」

「その舟で遺体を運んだってことだな。舟を出したのは?」

「若い男だったということですが」

「ふうん。若い男ねえ……」

岡崎は、それも市ノ瀬ではないかと思った。

「それから高島先生の自宅周辺で、薬売りの姿を見かけたことがあるという人が複数おりました」

「本郷署の黒井警部が教えてくれた。その薬売りは、西小路が推理したとおり、内務省の間諜だった。名前は狭間太郎だ」

「内務省の間諜」

久坂が素っ頓狂な声を上げた。岡崎は顔をしかめて久坂に言った。

「大きな声を出すな。薬売りの正体はあらかた知れていたことではないか」

久坂が、大きな体を小さくして言った。

「いや、私立探偵の推理と、事実が知れたのではやはり違うさ。そうか、やはり間諜だったか……」

岩井が鳥居部長に尋ねた。

「内務省が高島先生を探っていたということでしょうか？」

「黒井が言うには、そうじゃなくってさ。高島先生を守ろうとしていたそうだよ」

「守る……？　何からですか？」

「わかりきったこと訊くんじゃねえよ。高島先生や狭間を殺したやつからだろう」

久坂が尋ねる。

「……で、それは何者なんですか?」

「そいつを調べているんじゃねえか」

「はあ……」

「今、葦名と藤田翁が陸軍省の五十嵐っていう大佐を調べている。何かわかるかもしれない」

岩井と久坂が眉をひそめている。久坂が言った。

「五十嵐大佐ですか……」

二人が説明を求めるように岡崎のほうを見た。だが、岡崎もどう説明していいかわからない。だから、黙っていた。

鳥居部長が言ったとおり、葦名警部たちが何か知らせをもたらしてくれるかもしれない。

それからほどなく、荒木と西小路が戻って来た。

荒木が鳥居部長に言った。

「ああ、やはりこちらでしたか……」

「大学のほうはどうだった?」

荒木がこたえる。

「大学じゃそれほど進展はなかったんですがね……」

彼はちらりと西小路のほうを見た。鳥居部長が尋ねる。

「何だい。大学じゃなけりゃ、どこか他のところで何かあったのかい」

「西小路が、黒猫先生のところに行こうって言うんで……」

鳥居部長が左の眉を吊り上げた。

「ほう、それでお訪ねしたのかい」

「はい」

「何か話をしたかい」

「はい。まあ、いろいろと……」

荒木は珍しく困惑している様子だ。黒猫先生の話が難しかったのかもしれない。

西小路が笑みを浮かべて言った。

「今日の先生は、珍しく調子がよろしかったようで、よくお話しなさいました」

鳥居部長が興味を引かれた様子で言った。

「どんな話だった？」

「どんなに西洋の真似をしても、日本人は西洋人にはなれないというお話で……」

「うん。そいつは、俺がお訪ねしたときにもお話しされていたな……」

「何でもかんでも西洋が正しくて、日本は間違っているってのが、おかしな話だって先生はおっしゃるんで……。まあ、そりゃそうでしょうが、どう考えたって、西洋のほうが進んでいるわけでしょう？」

鳥居部長が言った。

「そりゃどうだかな」

「軍隊も警察も西洋から学んだわけでやすよね」

「瓦解がきっかけで、日本はそういう方向に舵（かじ）を切ったということだろう。そう、おめえさんが言うとおり、警察の制度はフランスから学んだ。軍隊は今はドイツ風が主流だな。そうやって、日本はなんとか列強と肩を並べようとしているわけだ。幕藩体制時代の日本の制度がすべて劣っていたとは、俺には思えねえがな……」

「でも、政府はそう考えているわけですよね」

「ふん。所詮（しょせん）、薩長（さっちょう）の田舎侍が作った政府だからな。どうも野暮でいけねえ」

岡崎は、この発言に驚いた。内務省は長州閥だ。警察官が長州を悪く言うことは許されない。それに、長州閥の頂点には、あの山縣有朋侯がいるのだ。

荒木や岩井たちも目を丸くしている。

驚きはしたものの、東北出身の岩井や岡崎には小気味いい言葉であることも確かだ。四十年近く経（た）った今も、戊辰戦争は色濃く影を落としている。

巡査たちが固まっているので、鳥居部長が言った。

「なんでえ、薩摩（さつま）や長州は間違えなく田舎じゃねえか。本当のことを言っただけだよ。それで、黒猫先生は他にどんなことをおっしゃっていたんだい？」

荒木がこたえる。

「日本人がどんなに英文学を学んだところで、英語で英国人のような文学作品を書けるわけじゃない。そのようにおっしゃっておいででした」

西小路が補足した。

「気鬱になると、先生はいつもそのことをおっしゃいます」

荒木は西小路を無視するように続ける。

「どんなに立派に洋装したところで、西洋人から見れば、猿が服を着ているようにしか見えないのだと、先生はおっしゃいます」

鳥居部長が笑った。

「おそらくそうだろうね」

「どんなに頑張ったって、日本はフランスにもドイツにもなれないんだと……。無理を通そうとするから、おかしくなって人が死ぬんだ。そうおっしゃってやした」

鳥居部長が笑顔を消し去った。そして、ふと考え込む。

「へえ、黒猫先生、そんなことを……」

「はい」

「それから……？」

「私の江戸言葉を聞かれて、面白がってくださいまして……。新作の小説に使おうと……」

鳥居部長の眼が輝いた。

「新作の小説に？　おめえさんを、かい？」

「いや、どうやら私と話をなさっていて、気っ風のいい江戸っ子を主人公にすることを思いつかれたようでやす」

「江戸っ子が主人公……」

「それが、愛媛の松山かどこかで教師をやるんだそうで……」

「へえ、そいつは楽しみだねえ」

そこに、葦名警部と藤田がやってきた。

葦名は鳥居部長に向かってきちんと礼をした。

「ただいま戻りました」

「おう、五十嵐大佐はどうだったい？」

「優秀な軍事官僚で、きわめて真面目な仕事ぶりですね。同僚の評判も悪くはありません」

「ふうん……。長州閥なんだろう？」

「はい。出身は長州です」

「けど、冷遇されていたんだよな」

「はい。特に、木越安綱が軍務局長の時代には冷遇されていたようです。次に中村雄次郎が、軍事総務長官兼務で軍務局長になって、ようやく頭角を現し、現在の宇佐川一正の代になって軍務局次長に登用されたということです」

「長州出身で、優秀なんだろう？　それがどうして冷遇されてたんだろうね」

「どうやら、五十嵐大佐は、月曜会系の影響を強く受けていたようです」

「なるほど、月曜会か……」

久坂が首を傾げる。

「何ですか、その月曜会ってのは……」

西小路が顔をしかめる。

「なんだ。巡査のくせして知らないのか？」

「巡査だって知らないものは知らない」

岡崎も、聞いたことはあるが、詳しく知っているわけではなかった。

鳥居部長が言った。

「月曜会ってえのは、もともとは陸軍の研究集団だった。士官学校の第一期と第二期の有志が集まって軍隊のさまざまなことを研究・討論する団体だった」

それを受けて、西小路が説明を続けた。

「十七年のことだ。堀江芳介（ほりえよしすけ）が会長となった。堀江は、晩年は長州に帰って村長か何かをやり、三年前に亡くなったが、当時は陸軍少将だった」

荒木が言う。

「長州出身の陸軍少将なら、そういう団体の会長をやっても何の不思議もねえやな」

西小路はにやりと笑った。

「ところがこの堀江少将、上奏事件で冷や飯を食うことになった『四将軍』を、月曜会の顧問に据えてしまったんだ」

巡査たちはきょとんとした顔で西小路を見ていた。

西小路は、同じような顔で四人を見返して言った。

「何だい。君らは、まさか上奏事件を知らないわけじゃないだろうな」

岡崎は知らなかった。顔つきから察して、あとの三人も知らないようだ。

ちらりと鳥居部長と葦名警部を見る。さすがに二人は知っている様子だ。藤田は何も言わないが、知っているに違いないと岡崎は思った。

西小路があきれたように言った。

「え、知らないのか？　じゃあ、『四将軍』のことも？」

荒木が不機嫌そうに言った。

「いいから、説明しろよ」

西小路が鳥居部長に尋ねた。

「どうしましょう？　僕が説明してもいいものでしょうか？」

「頼むよ。やってくんな」

「では……」

西小路は咳払い（せきばら）をしてから、説明を始めた。

「上奏事件だが、そもそもの始まりは、十四年の北海道開拓使官有物払下げ事件だ……」

西小路の説明によると、こうだ。

北海道開拓使は、明治五年から十年間、およそ二千万円を投じて、官舎、船舶、工場などを建設・経営してきた。それを、わずか三十八万円で払下げしようとした。

それも、無利子・三十年賦という破格の条件で、だ。払下げ先は、関西貿易商会という商社だ。

この会社は、実は、払下げだけのためにでっち上げられたものだった。そのために、開拓使の大書記官・安田定則以下数名と、大阪の政商五代友厚が暗躍した。

安田定則と五代友厚は、ともに薩摩藩出身で、さらに、この払下げを計画し、政府に許可を強要したのが同じ薩摩出身の開拓使長官代理・黒田清隆だったため、世論の批判を浴びた。

黒田清隆や伊藤博文らの薩長閥は、大隈重信が情報を洩らしたために問題が発覚したと考え、憲法制定の議論を理由に大隈を失脚させた。これが、『十四年の政変』だ。

ちなみに、伊藤らは、ドイツのプロイセン憲法やビスマルク憲法を、大隈らはイギリス型の議院内閣制憲法を主張していた。

折しも、野に下っていた板垣退助らの国会開設の運動、いわゆる自由民権運動が高まりを見せていた頃で、払下げ事件は藩閥政治に対する批判を強め、火に油を注ぐ結果となった。

二千万円超の建物や事業を、たった三十八万円で払い下げとは……。薩長はまったく好き放題やってくれる。

岡崎は、腹が立って仕方がなかった。

西小路の言葉が続く。

「この払下げ事件を、黙って見過ごすわけにはいかないと、東北にご巡幸あそばされていた天皇陛下に上奏しようとした四人の将軍がいた。これがいわゆる『四将軍』で、すなわち、鳥尾小弥太中将、三浦梧楼中将、谷干城中将、曾我祐準少将の四人だ。谷中将は土佐藩、曾我少将は九州の柳河藩出身だが、鳥尾中将と三浦中将は長州閥だ」

岩井が言った。

「部長に質問してよろしいですか？」

「かまわねえよ」

「さきほど、なるほど、月曜会か、と言われましたが、何がなるほどなのでしょう？」

「月曜会はさ、反山縣の牙城(がじょう)なんだよ」

巡査たちは、思わず、「えっ」と声を上げていた。

まさか、山縣に逆らう勢力があるとは、岡崎は思ってもいなかった。

今の山縣有朋は、それくらいの権力を握っている。相手が何者であれ、気に入らなければひねり潰(つぶ)すことができる。それが山縣有朋だと思っていた。

部長の言葉が続いた。

「そして、反山縣の中心人物が、『四将軍』なんだよ。まあ、結局四人とも閑職に追いやられたり、予備役にされたりで、陸軍においては失脚しちまうんだけどね」

西小路が言った。

「それでも、四人はその後も貴族院議員として活動したり、それなりの立場を確保したじゃないですか」

「山縣に陸軍を追い出されたことに変わりはねえだろう」

「それはそうですが……」

「月曜会や『四将軍』が、山縣派と対立していた理由を知ってるかい？」

西小路が怪訝な顔をした。

「山縣が気に入らないからでしょう」

「鳥尾中将や三浦中将は同じ長州閥だぜ」

「それでも気に入らないことはあるでしょう。いや、だからこそ、というべきか……」

「もっと具体的なことで、意見が対立していたんだ。何だか知っているかい？」

西小路が首を傾げた。

「具体的なこと……」

「誰か、わかるやつはいねえかい」

鳥居部長は、部屋の中の一同を見回した。

巡査たちにわかるはずもない。月曜会や『四将軍』の詳しい話など、今初めて聞いたと言ってもいい。葦名警部も、藤田も無言だった。

鳥居部長が言った。

「ビスマルク好きの山縣有朋は、ばりばりのドイツ派だ。一方、『四将軍』はフランス派だ。彼らが顧問をやっている月曜会もフランス派だった」

葦名警部がうなずいて言った。

「月曜会、つまりは『四将軍』の影響を強く受けていた五十嵐大佐は、フランス派でした」

荒木が尋ねた。

「それで、長いこと冷遇されていたというわけですか？」

葦名警部がこたえる。

「そういうことらしい」

「そんなことが、冷遇の理由になるのですか」

その質問にこたえたのは、鳥居部長だった。

「月曜会ってえのはもともと、軍隊に関する研究をするところで、フランス式がいいのかドイツ式がいいのかを議論していたんだ。そういう意味では中立の研究会だったんだが、反山縣の『四将軍』が顧問になってからは、どんどんフランス派に傾いちまった。それというのも、山縣がビスマルク好きのドイツ派だったからだ。つまりさ、月曜会がフランス派に染まったのは、『四将軍』の山縣憎しが理由だったのかもしれねえ。山縣は、それを知っているから、フランス派が許せねえわけだ」

葦名警部がそれを補足した。

「山縣侯が直接指示しなくても、顔色をうかがう連中が、その意を酌んでフランス派を冷遇する空気を作るんだ」

「ははあ」

荒木が言う。「それで、陸軍はドイツ式なわけですね」

はっと気づいたように、岩井が言った。

「そういえば、レイピアはフランスで広まったのでしたね」

藤田がうなずいて言った。

「もともと、フランス語のエペ・ラピエルが語源と言われております。ちなみに、みなさんのお腰のサーベルは、ドイツ語読みですな。英語ならばセイバー、フランス語ならサブルです」

岩井が言う。

「だから犯人は、レイピアを使ったのでしょうか……」

「そこで、だ」

鳥居部長が言った。「俺の頭の中で、黒猫先生のお話が、五十嵐大佐と結びつくわけよ」

「ええと……」

荒木が頭をかいた。「どのお話ですかね……」

「日本はフランスにもドイツにもなれない。無理をするから人が死ぬんだ。先生はそうおっしゃったんだろう?」

「あ、たしかに……」

「いつの世でもさ、仕組みの歪(ゆが)みってやつが犯罪を生むんだ」

「そういえば……」

荒木が言った。「黒猫先生は、こんなこともおっしゃっていました。脱亜入欧、富国強兵に舵を切った日本は、今後何年、いや何百年にもわたって苦しみ続けることになるだろうって……」

「ふうん」

鳥居部長は腕組みした。「おそらく、百年後二百年後になれば、その言葉の本当の意味がわかるだろうな」

西小路が言った。

「その苦しみの正体が、先生にはおわかりなのだと思います」

そのとき、藤田が言った。

「私が命をかけて守ろうとしたのは、こんな国ではありません」

その言葉の重みに、その場の全員が、はっとした。

藤田の言葉が続いた。

「しかし、それでも、私はこの国を愛(いと)おしいと思います」

部屋の中が静まりかえった。その沈黙を破ったのは、久坂だった。

「あっ。殺された高島先生は、ドイツ文学を教えており、日本の公用語をドイツ語にすべきだと主張していたんですよね。そして、本庄大佐は、陸軍の本流でしょうから、当然ドイツ派ですよね」

「そう」

鳥居部長が言う。「被害者の共通点は、ドイツ派だということだ。そして、高島先生は、建部遯吾を通じて、山縣派でもある。陸軍でドイツ派ということは、本庄大佐も当然山縣派だ」

岡崎は尋ねた。

「内務省の狭間は……？」

「おそらく、犯人のことを勘づいたのだろう。それで消されたんじゃねえのかい」

「そういうことですか……」

岡崎は言った。「それで部長は、五十嵐大佐が怪しいとおっしゃったのですね」

「でも……」

荒木が言った。「五十嵐大佐も、今じゃ軍務局次長でしょう？　もう、冷遇されているとは言えないんじゃないですか？」

鳥居部長がふんと鼻で笑ってから言った。

「軍事課の繁田ってやつに、カマかけてみたんだがな。今じゃ、冷や飯の頃より悪いかもしれねえぜ」

「どういうことです？」

「五十嵐大佐は、しっかりと宇佐川軍務局長、つまり山縣派の監視下に置かれちまったってことだろう。聞くところによると、五十嵐大佐にゃあ、ほとんど決裁権がないんだそうだ。それでいて仕事を怠けるわけにもいかねえ。もしかしたら、反山縣派の動向についてしゃべるように強要されているかもしれねえ」

「もしそうだとしたら、ずいぶんと辛(つら)いでしょうね」

「それが犯行の動機に、充分なり得ると俺は見ている。問題は、それをどうやって明らかにするか、だ」

葦名警部が言った。

「実行犯を挙げることだと思います。そこから首謀者を探ることができるでしょう」

岡崎は言った。

「市ノ瀬が実行犯でしょうか」

「まあ、待ちねえ」

鳥居部長が苦笑する。「あせりは禁物だよ。だが、市ノ瀬が何か知っているのは事実だ。なんとか市ノ瀬を押さえてえな……」

「実行犯が市ノ瀬とかいう男かどうかは知りませんがね……」

西小路が言った。「実行犯が何者か、わかったような気がするんですがね」

一同は西小路に注目した。

20

「実行犯が何者かわかった、だって？」

鳥居部長が西小路に尋ねた。「そりゃあいい。教えてくんねえか」

西小路は、したり顔で話しはじめた。

「まず確認したいことがいくつかあります」

「何でえ？」

「高島先生、本庄大佐、そして、内務省の間者の狭間は、みんな同じ凶器で殺されたのですね？」

「ああ、そいつは間違えねえよ」

「それは、レイピアという西洋の剣なのですね？」

鳥居部長が藤田を見た。藤田はうなずいた。

「間違いないでしょう」

その態度にも口調にも、まったく迷いはなかった。

岩井が言った。

「私もそう思います」

その二人の回答を受けて、西小路が言った。

「凶器がレイピアだとしたら、けっこうな長さがありますよね」

その問いに、藤田老人がこたえた。

「さよう。三尺から四尺はありましょう」

「犯人はそれをどうやって持ち歩いたのだろうと、僕は考えたのです」

鳥居部長が言った。

「それについちゃ、藤田翁と話し合ったことがある。藤田翁は、仕込み杖か何かじゃないかと言われた。いずれにしろ、長い物だ。持っていれば、目立つだろうね」

「現場近くで、杖とか長いものを持っている人がいたという話を、聞いた人はいますか?」

岡崎は、巡査たちの顔を見回した。誰も発言しない。つまり、そういう目撃談はないということだ。

「誰も、そんな話は聞いていないんですね」

西小路が念を押すように尋ねた。

荒木が言った。

「だから何だって言うんだい。見かけた人がいねえか、あるいは、見た人はいるが、俺たちがそれに出会ってねえだけじゃねえのかい。レイピアを隠し持っていたやつはいたのかもしれねえ」

「三件の殺人がありました。普段気にしないようなことでも、殺人があったとなれば、近所の人はあれこれ考えるものです。もし、何か長い物を持って現場付近を歩いている者がいたら、きっと誰かが気づいているはずです」

荒木がふんと鼻を鳴らす。

「そう簡単に目撃者が現れれば、警察官は苦労しねえよ」

「目撃者は必ず現れるのです。だから、事件が解決するのですよ。皆さんは手を抜いているわけではないですよね」

「そんなわきゃあねえだろう。必死に捜査してるよ」

「じゃあ、無能なんですかね?」

荒木はむっとした顔になった。

「失敬だな、おめえは」

「いやあ、僕もそんなはずはないと思っていますよ。……ということは、不審な人物を見た人がいなかったということになりますね」

鳥居部長が興味を引かれたように、言った。

「もし、不審者を目撃した者が誰もいなかったと仮定したら、どういうことになるんだい」

西小路は、相変わらずのしたり顔で言った。

「二つのことが考えられます。一つは、現場付近に、凶器らしいものを持って歩いていた者はいなかったということ。もう一つは、持っているところを見ても、誰も気にしなかったということ」

「実際に、犯人はレイピアで殺害しているんだ。現場にそれらしいものを持っていた者がいなかったというのはおかしい」

「だとしたら、二つ目しか考えられないわけですね」

「しかし、レイピアを持っているところを見ても、誰も気にしないというのは、どういうことでえ？」

「皆さんがサーベルを下げて街中を歩いても、誰も気にしないでしょう」

久坂が言った。

「そりゃそうだ。巡査だからな」

西小路は、笑みを浮かべて言った。

「サーベルがレイピアに替わっていても、おそらく誰も気づかないですよね？」

久坂が眉をひそめる。

「え、サーベルの代わりにレイピアを……」

岩井がかぶりを振った。

「いや、サーベルは見てのとおり、わずかだが反りがある。レイピアは真っ直ぐだ」

「その制服で、腰に下げていれば、サーベルだろうが、レイピアだろうが、人は気にしないでしょう。大方の人には区別はつきませんよ」

それに同意したのは、藤田だった。

「たしかにそうかもしれません。巡査が何人かいて、その中の一人だけが別のものを腰に下げていれば気づく者もいるでしょう。しかし、その巡査姿の者が一人だけで行動していたら……」

「するってえと、ナニかい」

鳥居部長が西小路に尋ねた。「犯人は巡査に化けていたってことかい」

「例えば、の話です。ですがね、素人が巡査の制服を入手するのはなかなかたいへんです」

「似たような服を用意すればいい」

「そんな服を仕立てたりしたら、怪しまれますよ。そこから足が付きます。服を仕立てるだけじゃなくて、帽子も作らなければならないし、靴も用意しなければなりません」

「なるほどねえ……。だが、あんたは、犯人が巡査の恰好をしていたと考えているんだろう？」

「巡査とは言っていません。腰にサーベルを下げるような制服姿だったとしたら、それを目撃した人も違和感を抱かないだろうと考えたわけです」

荒木が思いついた様子で言った。

「軍服もそうでやしょう。陸軍もサーベルを下げる」

「そう」

西小路がうなずく。「五十嵐大佐がもし、首謀者だとしたら、実行犯も彼の近くにいるはずですよね」

鳥居部長が言う。

「実行犯も、陸軍省にいるってえことかい？」

西小路がもったいぶった調子で言う。

「その可能性はきわめて高いと、僕は思いますね。犯人は、なかなかの使い手なのでしょう？訓練を受けた人物だということですね。軍人ならうなずけるでしょう」

藤田と岩井は同時にうなずいた。

西小路の言葉がさらに続く。

「そして、今の陸軍は山縣侯の影響もあって、ドイツ式が主流です。でも、その中でフランスから制度を導入した組織があるのです」

「陸軍省の中に、ってことかい？」

「そうです」

「何だい、そいつぁ」

「憲兵隊です」

西小路の口調は自信に満ちており、説得力があった。

なるほど、探偵を名乗るだけあると、岡崎は思った。

これまで不審な人物の目撃談がなかったことは確かだ。三件の連続殺人だ。西小路が言うとおり、何の目撃談も得られないというのは不自然なことだった。

なぜ不自然なのかを、西小路は考えたわけだ。そこから推論を進めた。

唐突に、憲兵隊を思いついたわけではあるまい。レイピアというフランス風の武器や、陸軍省におけるドイツ派対フランス派の対立といった要素が、そうした推論を呼び寄せたのだろう。

だから説得力があるのだと、岡崎は思った。

鳥居部長が葦名警部に尋ねた。

「今の話、どう思う？」

「理屈は通ってますね」

「第一部きっての理論派であるおめえさんが言うんだから間違えねえな。市ノ瀬の顔を知っているのは、岡崎と荒木だったな？」

岡崎は名前を呼ばれて思わず背筋を伸ばしていた。

「はい」

「憲兵隊に市ノ瀬と名乗った男がいるかどうか、調べるんだ。俺は、五十嵐に会いに行ってみる。葦名、付き合ってくんな」

葦名がこたえた。

「承知しました」

「岡崎と荒木はまず、憲兵隊本部だ」

憲兵隊は、陸軍に所属しているが、陸海両軍の事件を扱うし、司法警察官としての権限も持っている。

一般の部隊のように、連隊とか大隊、中隊などの編成は持っておらず、憲兵隊本部の下に警察署に当たる憲兵分隊がある。

すでに午後七時半を回っている。だが、憲兵隊なら、警察と同じく二十四時間体制のはずだ。行けば誰かが応対してくれるだろう。

「では、行ってまいります」

岡崎が出かけようとすると、藤田が言った。

「私も同行させていただいてよろしいでしょうか」

鳥居部長が驚いたように言う。

「憲兵隊に、ですか？　そりゃまた、どうして……」

「その市ノ瀬を名乗る男が犯人だとしたら、剣呑な人物でしょう。私がお役に立てるかもしれません」

「そりゃ心強い限りですが……」

「行かせていただきたい」

「わかりました。お願いします」

新選組の斎藤一がいっしょ。そう考えるだけで、岡崎は緊張した。

鳥居部長が言った。

「おう、しっかり夕飯は食っておきなよ」


しっかり食えと言われても、のんびり夕食を取る気にはなれないし、そんな暇もない。庁舎近くに、そばの屋台が出ていたので、夕食はそれで済ませることにした。

荒木も藤田も異存はなさそうだ。

かけそばをすすりながら、荒木が藤田に尋ねた。

「今日は朝から、葦名警部にご同行されておいででしたね。お仕事のほうはよろしいんで？」

「学校のほうは休みをもらいました。明日は土曜なので仕事は午前中だけで、これも休むつもりです」

「おいらたちは大助かりでやすがね、そこまでしていただかなくても……」

「日本は変わりました」

岡崎と荒木は顔を見合った。

荒木がこたえる。

「ええ、たしかに瓦解前をご存じの藤田さんからご覧になれば、おおいに変わったでしょうね」

「日露戦争が勝利で終われば、日本はさらに変わっていくでしょう。よい方に変わればそれに越したことはありません。しかし、私にはそうは思えません」

荒木がうなずく。

「たしかに、黒猫先生も先々を憂えておいででした。これから先、日本は、人と国がばらばらになるだろうとおっしゃっていやした」

岡崎は思わず聞き返した。

「人と国がばらばらに……。どういうことだ？」

「おいらにわかるもんかい」

藤田が言った。

「昔、日本人は日本と一体でした。そういう時代があったのです。今の世の中、国のありようと、人々のありようが別々になりつつあります。それを近代化と呼ぶなら、私はできるだけ近代化を遅らせたい。今回の事件は、近代化が招いたようにも思えるのです」

そこまで言って藤田は、顔を伏せた。

「いや、年寄の戯（ざ）れ言（ごと）です。忘れてください」

荒木はそれ以上質問しようとはしなかった。

食事を済ませ、麴町区大手町にある憲兵隊本部に向かった。

憲兵の制服は陸軍のものと同じだ。ただ、腕に赤い腕章を巻いているので区別できる。すでに午後八時を過ぎているが、岡崎が思ったとおり、本部には当番が残っていた。

応対に出て来た若い憲兵は、岡崎の制服を見て威嚇するように胸を反らせた。

「警視庁の者が、何用か」

年齢は岡崎や荒木と変わらない。だが、ずいぶんと偉そうだ。おそらく、憲兵が警察になめられてはいけないと、ことさらに居丈高になっているのだ。

荒木が言った。

「人を探しているんですがね。協力しちゃくれやせんか」

相手は、単衣の着流しの荒木を見て、怪訝そうに眉をひそめた。

「君は何者だ？」

「刑事巡査ですよ」

「でかか。そちらのご老体もでかか」

「まあ、そのようなものでして……」

「人を探していると言ったな」

「はい。年の頃は二十歳前後……、まあ、見た目はそのくらいですが、もしかしたら実際はもっと上かもしれやせん。背丈は、五尺二、三寸ほど。痩せ型だが、顔は丸い。前髪が眉のあたりまでありやして……。市ノ瀬と名乗っておりやす」

「どうしてその男を捜しに、憲兵隊にやってきたんだ」

「その人物は、憲兵隊におられるかもしれねえんで……」

「二十歳前後に見える痩せ型で丸顔。そんなやつはいくらでもおる」

「憲兵の皆さんはたいてい、丸刈りでやしょう。その人物は違いやす」

「まあ、仕事の種類によっては、普通に散髪して私服を着ている者もおるが……」

憲兵隊にも刑事のような連中がいる。いや、密偵と言ったほうが近いだろうか。外地ではそういう連中が暗躍していると聞く。国内にもいるのだろう。

もしかしたら、市ノ瀬を名乗った男も、密偵なのかもしれない。

そのとき、藤田老人が言った。

「その人物は、西洋剣術を修練しているはずです」

「西洋剣術ねえ……」

若い憲兵は考え込んだ。

岡崎は言った。

「軍務局の五十嵐局次長と親しい人だと思う」

相手は、ちょっと驚いたような顔になった。

「五十嵐局次長……」

「そうです」

「ふうん。西洋剣術を修練していて、五十嵐大佐と親しい……」

考え込んでいた若い憲兵は、通りかかった同僚に声をかけた。そして、岡崎たちの質問を伝えて尋ねた。「おまえ、誰か思い当たらんか?」

通りかかった同僚はこたえた。

「ああ、それなら篠田(しのだ)じゃないか」

「そうか。たしかに、篠田なら、そちらの言うとおりの男だ」

荒木が尋ねる。

「その篠田という方は、憲兵でやすか?」

「ああ。麴町分隊におる。篠田次郎(じろう)というんだ。彼は長州の出で五十嵐大佐にかわいがられていたな。西洋剣術も、五十嵐大佐から学んでいたと思う」

「五十嵐大佐から……」

「五十嵐大佐の西洋剣術はフランス仕込みだよ」

岡崎たちは礼を言って憲兵本部をあとにした。麴町憲兵分隊は、同じ敷地内にある。

荒木が言った。

「分隊に行ってみよう」

三人は足早に分隊庁舎に向かった。

21

麴町憲兵分隊を訪ねると、出てきた憲兵にまたしても居丈高な対応をされた。

「なんだ。警視庁の巡査が、わが分隊の隊員に何の用だ?」

岡崎は、その態度に腹を立てていた。だから、自分が憲兵と会話しないほうがいいと思い、黙っていた。

荒木が言った。

「殺人事件の捜査にご協力いただきたいんです。お取り次ぎいただけませんか」

「殺人事件の捜査だと?」

相手はふと興味深そうな顔になった。「もしかして、本庄大佐の件か?」

「ええ、それも含めまして……」

「大学講師も殺されたということだな」

「はい」

「篠田が事件と何か関係があるのか?」

「いいえ、お話をうかがいたいだけで……」

「ふうん……」

「なんとかご協力いただけませんか」

「篠田は、当番ではないので、すでに帰宅した」

陸軍の兵士や下士官は営内に住んでいるが、憲兵は営外の一般住宅で生活している。

「お住まいはどちらで……?」

「市谷柳町だ」

住所を聞き、岡崎たちはそこへ向かった。

大手町から街鉄に乗って市谷見附まで行った。そこから徒歩で、牛込区市谷柳町に向かった。

街鉄を降りたとき、岡崎が藤田に尋ねた。

「俥を呼びましょうか?」

藤田はこたえた。

「そういう心配はご無用に……」

市谷柳町のあたりは昔、寺社領と武家屋敷町だったという。明暦の大火で焼け出された人々がこのあたりに移り住み、町人地ができた。

だから今でも、武家屋敷跡と町人街が混在している。寺町なので、ろうそく問屋が多い。

荒木が言う。

「柳町と言うだけあって、柳の木があるね」

麴町分隊の憲兵に教えられた住所は、豆腐屋の角を曲がった細い路地に面した二階建ての下宿屋だった。

「念のため、私はあちらで待ちましょう」

藤田が豆腐屋のある角を指さした。

それを聞いて荒木が言う。

「じゃあ、おいらもこのあたりで張ってるとしよう」

岡崎が下宿屋を訪ねると、三十歳くらいの女性が出てきた。

「何でしょう」

「こちらに、篠田次郎という方がおられますね？　お取り次ぎいただきたい」

「はあ……。少々お待ちを……」

岡崎は、その下宿屋の左右を見回した。似たような建物が軒を並べている。路地に人通りはなく、ひっそりとしている。

表通りも、すでに日が暮れてずいぶんと経つので通行人もまばらだ。午後九時をとうに回っている。

待っていると、上の方で物音がした。瓦を踏んでいる音のようだ。

またか……。

岡崎は思った。いつか、蔵田を訪ねたときと同様に、二階の窓から逃げ出そうとしているのだ。

岡崎は大声で言った。

「荒木、二階の窓だ」

「がってんだ」

荒木が二階を見上げて駆け出した。

岡崎もそちらに走った。藤田がいる豆腐屋の角とは逆方向だ。

駆けながら、岡崎は思った。

妙だな。普通なら人通りの多いほうに逃げるはずだ。人混みに紛れて逃走できる可能性が高い。

今、下宿屋の二階から逃げた人物は、明らかに人気がないほうを目指している。

まさか、陽動では……。

岡崎がそう思ったとき、突然荒木が足を止めた。岡崎はぶつかりそうになった。

「どうした」

岡崎は荒木に尋ねた。

荒木は、路地の先の闇(やみ)を見つめている。鳥居が見えた。その鳥居の下に誰かが立っている。

「神妙にしやがれ」

荒木がその人影に向かって言った。

どうやら鳥居の下に立っているのは、下宿屋から逃走した人物のようだ。

小さな金属音がした。剣を抜いたような音だ。

「危ねえ。下がれ」

荒木が言った。岡崎は、何を言われたのかわからず立ち尽くしていた。荒木が一歩下がり、背中でどんと岡崎を押した。

岡崎も一歩下がることになった。

鳥居の下の人影と距離を取った。人影は、両膝(りょうひざ)を開き、腰を落としている。暗くてよくわからないが、どうやら片手で剣を構えているようだ。

人気のないほうに走った理由がわかった。剣で抵抗するためだ。腕に自信があるのだ。

岡崎はつぶやいた。

「レイピアか……」

そのとき、岡崎のすぐ後ろで藤田の声がした。

「お腰のものを拝借します」

「え……」

藤田が岡崎のすぐ脇を通り過ぎた。岡崎と荒木の前に出る。

岡崎は、自分のサーベルがないことに気づいた。藤田がそれを手にしていた。片手で持ち、青眼に構えている。

藤田が言った。

「篠田次郎さんですね」

相手がこたえる。

「警察官などに名乗る名はない」

岡崎は、篠田に間違いないと思った。相手は西洋剣術の構えを取っている。

「剣を納めてください。話が聞きたいのです」

「うるさい。警察の縛になどつかぬ」

言い終わらないうちに、篠田が剣を突き出してきた。

岡崎は闇に眼(め)が慣れてきて、辛うじてだが篠田が持っている剣を見て取ることができた。明らかにサーベルとは違う。細身で真(ま)っ直(す)ぐな剣だ。

これがレイピア……。

藤田の体が、ゆらりと揺れ、かすかな金属音が聞こえた。

篠田の攻撃をサーベルで受け外したのだ。

篠田はさらにレイピアを突き出す。また、藤田の体が揺れる。岡崎の眼には、藤田の動きは決して素速くは見えない。だが、確実に篠田のレイピアをかわしている。

さらにもう一度、同じことが起きる。

これが達人の動きというものか。岡崎がそう思ったとき、藤田の声が聞こえた。

「なかなか鋭い突き技です。私も突きが得意でしてね……」

岡崎ははっとした。

「藤田さん。彼を殺さないでください」

その言葉に反応したのは、篠田のほうだった。

「殺すだと。ふざけるな」

篠田は軽快な足捌(あしさば)きを見せた。彼の鋭い攻撃を支えているのは、この足捌きだ。

素速く踏み込み、正確にレイピアを突き出してくる。一方、藤田は静かに立っているだけだ。

それでも篠田の攻撃が通じない。

篠田の西洋剣術の腕もかなりなもののはずだ。剣術が得意な岩井が刺し傷を見てそう言っていたのだから間違いない。

だが、その攻撃が藤田にはまったく通じない。

力量差がありすぎる。篠田のことを心配するのは当然だ。だが、思わず出た岡崎の言葉が、篠田の自尊心を傷つけたようだ。

篠田が、空気を切る音を立てて、レイピアを左右に振った。日本刀とは違って直刀で細身だが、もちろん触れれば切れる。動脈でも切られたら致命傷になりかねない。

おそらくそれは牽制(けんせい)だったのだろう。本命はやはり突きだ。

剣先を左右に振っておいて、最後に突いてきた。鋭い突きだ。

今度は藤田は動かない。剣と剣が交差する鋭い音が響いた。

次の瞬間、篠田のレイピアが宙を飛んでいた。

「巻き上げた……」

荒木のつぶやきが聞こえた。

岡崎もその瞬間を見ていた。いや、見ていたはずだが、藤田の剣の動きが速すぎて、何が起きたのかわからなかった。

荒木に言われて、ようやく藤田が何をやったのかを悟った。

突いてくる篠田のレイピアに、自分のサーベルを巻き付けるように絡めて、撥(は)ね上げたのだ。レイピアは篠田の手を離れて宙を飛んだというわけだ。

篠田と藤田はぴたりと動きを止めていた。藤田のサーベルが篠田の喉元(のどもと)に突きつけられているのだ。

「殺せ」

篠田の声が聞こえた。続いて藤田の声。

「お望みとあらば……」

藤田のあまりの強さを目の当たりにして、呆然(ぼうぜん)としていた岡崎は、はっと我に返って言った。

「待ってください」

岡崎が篠田に駆け寄る。荒木もそれに続いた。捕り縄を取りだし、篠田を拘束した。

その間も、藤田はサーベルを構えたままだった。


捕縛した篠田次郎を、警視庁に連行したのは、午後十時頃だった。

岡崎はへとへとに疲れていた。肉体はそうでもないが、とにかく神経が疲れ果てた。藤田と篠田の戦いを目の当たりにしたせいだ。だが、すぐに上司に報告しなければならない。

当番の警部に、連続殺人事件の実行犯と思われる人物を逮捕した旨を伝えた。

「それなら、部長に直接ご報告申し上げるように」

「部長がおられるのですか?」

「ああ。部長室だ」

岡崎は、荒木、藤田とともに、部長室に向かった。

そこには鳥居部長だけでなく、葦名警部もいた。

岡崎たち三人を見ると、鳥居部長が言った。

「おう、市ノ瀬はどうなった」

岡崎は報告した。

「市ノ瀬と名乗ったのは、篠田次郎という名の憲兵でした。捕縛しました」

「お……」

鳥居部長が身を乗り出した。「つかまえたのかい?」

「はい。篠田はレイピアで抵抗しましたが、藤田さんが応戦してくださいました」

鳥居部長が藤田に言う。

「一戦交えたということですか」

「向こうが剣で向かってきたので、こちらも剣で対抗いたしました。身を守るためとはいえ、剣を使ったことは事実です。おとがめがあるというのなら、受けましょう」

「いやいや、捜査にご協力いただいているのですから、おとがめなどありません。しかし、拝見したかったですな……」

鳥居部長は、岡崎を見た。「おめえは、見たのかい」

「はい」

「そいつぁ、うらやましいなあ」

本気で悔しがっている口調だった。

荒木が、憲兵隊本部を訪ねたところから順を追って報告した。

話を聞き終えると、鳥居部長が言った。

「なるほど、五十嵐大佐がフランス仕込みの西洋剣術をねえ……。篠田はそれを学んだというこ
とかい」

葦名警部が鳥居部長に尋ねた。

「取り調べはどうしましょう」

「おめえさんがやってくんな。おう、やつをしょっ引いた二人も立ち会うんだ」

「はい」

岡崎と荒木は同時に返事をした。

それから鳥居部長は、藤田に言った。

「遅くまでご苦労さまでした。後は我々が……」

藤田は小さくかぶりを振った。

「いえ、もし差し支えなければ、私もお調べに同席させていただきたいのですが……」

鳥居部長は表情を曇らせる。

「そりゃあ、警視庁の大先輩ですから、もちろん差し支えはありませんが……」

「老骨ゆえのお心遣いでしょうが、ご無用に」

「お若い頃の鍛え方が違うでしょうからね……。わかりました。どうぞご随意に」

藤田はうなずいた。

「ええと、それで……」

荒木が尋ねた。「五十嵐大佐のほうはどうなりましたか」

そうだ。鳥居部長と葦名警部は五十嵐大佐に会いに行ったのだった。

鳥居部長が渋い表情になる。

「それがさ、役所にも自宅にもいねえんだよ」

荒木がさらに尋ねる。

「行方がわからないということですか？」

「ああ。今、岩井と久坂、それに西小路探偵が探し回っている」

五十嵐大佐の行方がわからない。それはどういうことだろう。篠田を捕縛したことと、何か関係があるのだろうか……。

岡崎がそんなことを考えていると、葦名警部が藤田に言った。

「では、取調室に参りましょう」


篠田次郎はすでに、縛を解かれていた。正座をして、まっすぐに葦名警部のほうを見ている。

袴(はかま)姿で、童顔のせいかやはり書生のように見える。あるいは、そういう見かけで、学生たちの中に入り込み、間諜(かんちょう)のような仕事をしているのかもしれないと、岡崎は思った。

書生姿で、大学に出入りをして、若者からさまざまな話を聞き出すのだ。大学には外国人も大勢いるので、その必要があるのではないだろうか。

そうした活動の最中に、蔵田のことも知ったのだろう。

「所持していた武器はレイピアだな」

葦名警部が尋ねた。篠田次郎は何も言わない。

「おまえは、レイピアで高島良造、本庄敬史郎、狭間太郎の三名を殺害し、なおかつその罪を蔵田利則に着せようと謀（はか）ったな」

篠田は相変わらず無言で、表情も変えない。

相手は憲兵だ。取り調べも一筋縄ではいかないだろう。

葦名警部もそのへんは覚悟の上だろう。

篠田が実行犯と見て、まず間違いはないだろう。あとは口を割らせるだけだが、あまり時間をかけたくないと、岡崎は思っていた。五十嵐大佐が行方をくらましていることが気になる。

葦名警部の質問が続く。

「おまえは、五十嵐大佐から西洋剣術を学んだんだな。五十嵐大佐との関係を詳しく話してもらおう」

篠田は沈黙を守っている。

「いつまでも黙り通せるものではない」

葦名警部が言う。「ただいたずらに三人を殺害したわけではあるまい。何かの目的があったはずだ。何が目的だったのだ？」

篠田の態度は変わらない。

「おまえと五十嵐大佐が何か謀（はかりごと）をしていることは明白だ。だから、我々は五十嵐大佐にも話を聞こうとした。だが、会えなかった。姿が見えないんだ」

そのとき初めて、篠田に変化があった。

怪訝(けげん)そうに眉(まゆ)をひそめたのだ。

ここが攻めどころと見たのだろう。葦名警部は畳みかけるように言った。

「悪事発覚を恐れて、身を隠したのか。だとすればおまえは、とんだトカゲの尻尾(しっぽ)切(き)りだな」

葦名警部は明らかに挑発している。そして、それは功を奏してきた。

篠田の顔に怒りが浮かんだ。

「おまえは、五十嵐大佐に捨てられたのだよ。一人で罪をかぶるか」

ついに篠田が口を開いた。

「五十嵐大佐は、そのような方ではない」

「じゃあ、どんな人だと言うのだ？　実際、おまえは捕まり、大佐は姿をくらました。それがすべてを物語っているだろう」

篠田の表情が次第に切迫してくる。

「大佐は本当に見つからないのか？」

「質問しているのは、こちらだ。おまえと大佐は何を企んでいたのだ？」

「そんな悠長な話をしている場合ではない。大佐を探さなくては……」

先ほどとは別人のようにうろたえている。

何かを恐れているようだ。

葦名警部は言った。

「大佐が立ち寄りそうな場所はすべて当たっている」

篠田はひどく苛立った様子で言った。

「そういう話ではないのだ」

そのとき、戸が開いた。岡崎はその音に気づいて振り向いた。

汗まみれの久坂が顔を覗かせた。

葦名警部が言った。

「どうした？　取り調べ中だぞ」

「至急にお知らせしたいことが……」

葦名警部が取調室を出た。

何事かと、岡崎と荒木は顔を見合わせ、すぐに葦名警部を追った。

藤田も部屋を出て来た。

葦名警部が再び尋ねる。

「何事だ？」

興奮した面持ちの久坂がこたえた。

「五十嵐大佐の遺体が発見されました」

22

「遺体だと」

葦名警部が尋ねる。「自害したのか」

「いえ、殺されたようです。刺し傷がいくつもあるということです」

「遺体発見の現場はどこだ?」

葦名警部は冷静な声で久坂に尋ねた。

「赤坂の自宅近くです。雑木林の中で見つかりました」

赤坂は、陸軍第一連隊と近衛第三連隊がある軍隊の町だ。もともとは、長州毛利(もうり)家の中屋敷や松平安芸守(まつだいらあきのかみ)(浅野(あさの))の屋敷があったところで、広い敷地の周囲にはまだ小さな林も残っていた。

五十嵐大佐の遺体は、そのような林の中で見つかったということだ。

葦名警部が言った。

「我々も現場に行こう」

「いえ、鳥居部長は、取り調べを続けてくれ、と……」

「なに……」

「今は、事情を聞き出すことが先決だと……。部長が現場に出られます。岩井と自分も部長に同行します」

葦名警部は、しばらく考えていたが、やがて言った。

「わかった。そちらは任せる」

久坂は一礼して、駆けていった。

三件の殺人事件の首謀者と思われていた五十嵐大佐が殺された。

いったいこれは、どういうことなのだろう。岡崎は戸惑っていた。

実行犯の篠田を攻め落とせば、五十嵐大佐が背後にいたことが明らかになると考えていた。

その五十嵐大佐が殺されてしまった……。

荒木も何が何だかわからない、という顔をしている。

葦名警部はあくまでも表情を変えず、取調室に戻った。

岡崎と荒木は慌ててそのあとを追った。

葦名警部が篠田に向かって言った。

「五十嵐大佐の遺体が発見された。何者かに殺害されたようだ」

篠田は、きっと葦名警部を睨(にら)みつけた。そのまま何も言わない。握りしめた拳(こぶし)が震えているのがわかる。

きりきりと奥歯を嚙(か)みしめる音が聞こえた。

葦名警部も無言で篠田を見返していた。やがて篠田はがっくりと頭(こうべ)を垂れた。そのまま顔を上げない。

声もなく泣いているようだった。

岡崎はその姿を見て意外に思っていた。篠田は五十嵐の死を心底悔やみ、悲しんでいる様子だ。

「悔しかろうな」

戸口近くにいた藤田が言った。

葦名、荒木、岡崎は一斉に振り返り、藤田を見た。藤田は、まっすぐに篠田を見つめている。

そして、言葉を続けた。

「私も、敗北者の悔しさはよく知っている」

岡崎は篠田に眼を戻した。

篠田がゆっくりと顔を上げた。眼は赤く、その顔はやはり涙で濡れていた。

篠田が藤田に言った。

「貴殿の剣は、ただの剣ではない。いったい、何者か」

葦名がそれにこたえた。

「こちらは、元警視庁警部の藤田五郎殿。またの名を、斎藤一殿……」

「斎藤一……」

「そう、新選組の三番隊組長の斎藤殿だ」

篠田は、あっけにとられたように藤田を見た。

藤田の声が聞こえてきた。

「敗者はいつまで経っても敗者だ。それでも生きていかなければならない」

葦名警部が、その言葉を引き継ぐように言った。

「同じ長州出身だが、反主流派となり、冷遇されつづけた五十嵐大佐は、長年にわたりその怒りと怨みを鬱積させ、それを晴らさんがために、三件の殺人を計画した。被害者となったのは、いずれも強硬なドイツ派だった。つまり主流派だ。五十嵐大佐は、四将軍に傾倒しており、フランス派だった。それ故の冷遇だったわけだ。五十嵐大佐の計画を実行に移したのがおまえだ。それに間違いないな」

「違う」

「ドイツ派を殺害することで、軍の主流派、ひいては政府の主流派にも圧力をかけようという五十嵐大佐の計画だったのだろう」

「違う」

篠田は大声を上げた。そして、一転してか細い声で言った。「違うんだ……」

葦名警部が尋ねる。

「何がどう違うんだ?」

「五十嵐大佐は殺人とは関係ない。すべて自分が計画して実行したことだ」

「今さら五十嵐大佐をかばい立てしても仕方のないことだ」

「自分は本当のことを言っている。自分が計画し、自分がやったことだ。五十嵐大佐は、何もご存じない」

「五十嵐大佐の積年の怨みつらみが招いた犯罪だろう」

「そうじゃないと言ってるだろう。大佐の無念の気持ちを察するに余りあったのだ」

葦名警部は、無言で話をうながした。篠田は話しはじめた。

「五十嵐大佐は、西洋剣術の師であり、自分は心から尊敬していた。いつもひかえめだが、理論派で、なおかつフランス仕込みの洒脱さも持ち合わせておいでだった。その大佐が、自分におっしゃるんだ。こんな私についてきてはいけない。君はこれからどんどん出世をしていくべき人材だ、と……。自分に言わせれば、五十嵐大佐こそ出世なさるべきだったのだ」

「そんな五十嵐大佐の気持ちを酌んで、おまえが犯行を計画したというのか」

「主流派の横暴、そして大佐の無念さを思うと、怒りでこの身が燃えそうだった。とても自分を抑えることができなかった」

葦名警部は、しばらく間を置いてから言った。

「結局は、おまえのやったことが、五十嵐大佐を死に追いやったことになるんだ」

篠田は驚いたように葦名警部の顔を見つめた。葦名警部はさらに言った。

「わからないのか。五十嵐大佐はおそらく、その主流派に消されたのだ」

篠田は、眼をそらし、再び拳を握りしめた。

「愚かな……」

藤田が言った。「所詮は長州閥内の争いに過ぎない」

「しかし……」

篠田が訴えかけるように言った。「その長州閥内の争いが、そのまま国を左右する争いでもあるのです」

「思い上がるな。この国は決して、薩長だけのものではない」

その声は静かだが、抗いがたい迫力があった。

篠田だけでなく、他の皆も言葉を失ったほどだ。

長い沈黙があった。

やがて、藤田が言った。

「だが、おまえの気持ちもわからないではない。五十嵐大佐の怨み、私が預かろう」

「え……」

篠田がもの問いたげな顔を向けると、藤田は取調室を出て行った。


篠田を留置所に戻し、葦名警部、荒木、岡崎の三人は第一部の大部屋にやってきた。すでに藤田の姿はない。

部屋の中には少数の者しか残っていない。当番の巡査たちも、五十嵐大佐の遺体発見現場に行っているのだろう。

岡崎は、藤田が言った一言が気になっていた。

怨みを預かるというのは、どういうことだろう。

荒木が葦名警部に言った。

「我々も現場に行かなくていいでしょうかね?」

「部長がいらしているんだ。任せよう。私たちは、ここで待機だ」

荒木がさらに尋ねる。

「五十嵐大佐は、主流派に消されたと言われましたね」

「声が大きい」

「もう、十二時を回っています。夜中に警保局の連中はいませんよ」

「それでも、どこで誰が聞いているかわからないんだ」

「しかし、自分はまだ腑に落ちていないんで……」

葦名警部はしばらく考えてから言った。

「では、部長室を拝借することにしよう」

三人は部長室に移動した。鳥居部長の留守中に入室することに、岡崎は抵抗を感じたが、葦名警部と荒木は気にしない様子だった。

荒木がさっそく質問を繰り返した。

「五十嵐大佐を殺害したのは、長州閥の主流派なのですか?」

「明らかではないか」

「明らか……? 自分にはわからないのですが……。どうして明らかなのですか?」

実は岡崎にもよくわかっていなかった。

葦名警部が言った。

「三人目の被害者が、狭間太郎、つまり内務省の密偵だったからだ」

「はあ……」

荒木は困ったような顔になった。岡崎にも葦名警部の言葉の意味がわからない。

「なぜ篠田が狭間を殺さなければならなかったか。それを考えてみるんだ」

「ええと……。そういえば、狭間は強硬なドイツ派というわけではありませんね……」

「彼の役割は何だった？」

「高島先生の警護でしたね」

「なぜ内務省の密偵が、高島先生の警護をしなければならなかったんだ？」

「高島先生の身が危険だと考えたからでしょうね」

「誰が考えたんだ？」

「内務省の上のほうの人でしょうか。内務省は長州閥ですよね。つまり、長州閥の主流派の誰かが、篠田の目論見を察知したということですね」

「四将軍の影響を受けた五十嵐大佐は、陸軍省軍務局次長という名目で、宇佐川軍務局長のもとに置かれて監視されていた。当然、五十嵐大佐に近しい篠田も監視対象だったはずだ。その篠田が大学に出入りしている。用心深い者なら当然、何かを計画していると考えるだろう」

岡崎は言った。

「高島先生は強硬なドイツ派で、山縣侯と親交がある建部遯吾と近しかった……。つまり、高島先生も山縣派だということですね。主流派というのはつまりは山縣派だから、高島先生の身が危険だと考えた……。そういうわけですね」

葦名警部は言った。

「それくらいのことは、いちいち説明しなくてもわかってほしいものだ」

「すいません」

荒木は謝ったが、無理なものは無理だ、と岡崎は思っていた。

華名警部は警視庁第一部きっての理論派なのだ。同じように考えろと言われてもできるはずがない。

「ああ、ここにおいででしたか……」

戸口からそんな声がした。見るとまた久坂だった。「鳥居部長から伝言です。今日はもういいから、みんな引きあげよう、と……」

華名警部が尋ねた。

「部長はどうされたんだ?」

「帰宅されました。実はまた、内務省の連中が来て、我々は現場から追い出されたのです」

「それでは、部長が帰宅されるのも無理はない」

「ですから、みんなも引きあげろ、と……」

「五十嵐大佐は、刺殺されたということだな?」

「ええ、複数の相手に刺されたようです。刺し傷が致命傷になっていますが、切り傷もありまして……。岩井に言わせると、刀傷のようだと」

「刀傷……」

「鳥居部長は、サーベルだろうと言っていました」

「なるほど、レイピアに対してサーベルか……」

岡崎は、葦名警部を見て言った。

「やはり、陸軍主流派の仕業でしょうか」

葦名警部は言った。

「とにかく今日のところは、部長の指示どおり引きあげるとしよう」

岡崎たちが警視庁を出たのは、午前一時頃のことだった。


翌朝、岡崎が登庁すると、鳥居部長はいつもの大部屋の席にはいなかった。まだ登庁前なのかと思い、自分の席に行こうとすると、服部課長に呼ばれた。

「部長室に行け。部長がお待ちだ」

服部課長は明らかに不機嫌そうだった。たぶん、自分だけが蚊帳(かや)の外、という気分なのだろう。

部長が奔放な分、課長がしっかり第一部を守らなくてはならない、と岡崎は思っていた。

おそらく鳥居部長も同じ考えだろう。課長には課長の役割があるのだ。

岡崎が部長室に行くと、すでにそこには葦名警部がいた。そして、藤田がいたので、なぜか岡崎はほっとした。昨夜の藤田の言葉がずっと気になっていたのだ。もしかしたら、法に背くようなことを考えているのではないかと危惧(きぐ)したのだ。そうなれば、警察と対立することになる。

今ここにいるということは、少なくとも犯罪的なことは考えていないと判断していいのではないだろうか。

藤田は、部長室に二つある来客用の椅子に腰かけていた。背もたれが高い椅子だ。葦名警部は立っていた。

岡崎が入室するまで、鳥居部長と葦名警部は何事か話し合っていたようだ。おそらく、葦名警部が、昨夜荒木や岡崎たちと話し合ったことを伝えたのだろうと、岡崎は思った。

岡崎に遅れること約三分、荒木がやってきた。昨日と同じ着流し姿だ。それからすぐに、岩井と久坂があいついで顔を出した。

部長室は充分に広いが、それでもこれだけの人数が集まると、手狭に感じられた。

そこに、西小路までがやってきた。

「やあ、みなさんおそろいですね」

荒木が言った。

「あんたは呼ばれてないだろう」

「そんなことはない。藤田さんもいらっしゃるんだ。僕だけが仲間外れというのはおかしいだろう」

「別におかしかないけどな」

そこに、若い巡査がやってきて、鳥居部長に告げた。

「あのお、お客さんですが……」

「俺にかい?」

「はい。お通ししてよろしいでしょうか」

「妙なことを言うね。客なら案内してくんな」

「承知しました」

その巡査はいったん姿を消し、すぐに戻って来た。「お連れしました」

戸口に現れたのは、城戸子爵令嬢の喜子だった。

鳥居部長と藤田が立ち上がった。

「お嬢さん……」

藤田が意外そうな顔で言った。

「あら、庶務のおじいさん。どうして、ここに……」

「それは、こちらがうかがいたい」

「私は、部長さんと約束をして、捜査のお手伝いに来ましたのよ」

鳥居部長が言った。

「本当にいらしたのですね」

「もちろんです。高島先生が殺されたのですもの」

「まあ、おかけなせえ」

鳥居部長は二つある椅子のうちの一つをすすめた。

「失礼します」

着物に袴姿の喜子は、椅子に腰かけた。隣の椅子に藤田が腰を下ろす。

鳥居部長も着席して言った。

「土曜日は、昼まで学校があるんじゃねえんですかい」

「庶務のおじいさんも、ここにいらっしゃるじゃないですか」

藤田が言った。

「私は休みをもらっております」

喜子は藤田に言った。

「家の者には内緒よ。学校に行っていることになっていますから……」

「後で私がお送りしましょう」

喜子は藤田にほほえみかけてから、鳥居部長に言った。

「それで、捜査はどういうことになっているのかしら」

西小路が言った。

「そう。それを僕も知りたい。何でも、五十嵐大佐が殺されたんだとか……」

どうやら、西小路は昨夜現場にはいなかったようだ。

葦名警部が二人に言った。

「外部の人間が捜査に協力するといっても限度がある。話せることと話せないことがあるんだ」

「まあ、待ちねえ」

鳥居部長が言った。「狭間が殺されたあたりから、事件は内務省が持ってっちまった。もう俺たちが秘密にするこたあねえさ」

「しかし……」

「ここから先は、もう警視庁が手を出せねえ領分だ。だからさ、俺はみんなに話を聞いてもらおうと思う」

鳥居部長がそう言うのだから、葦名警部も何も言えない。

鳥居部長は、これまでのことを語りはじめた。

三件の殺人の実行犯が、憲兵の篠田次郎であり、彼は五十嵐大佐から西洋剣術を習っていた。篠田は五十嵐大佐を心から尊敬しており、五十嵐大佐が四将軍の影響を受けていたが故に、長州閥の主流派から冷遇されていたことに強く憤っていた。それが犯行の動機だった。

犯行は篠田次郎が計画し実行したものだったが、主流派はその背後に五十嵐大佐がいるものと考え、殺害した。

「……とまあ、こういうわけだ」

西小路が思案顔で尋ねた。

「なぜ主流派は、五十嵐大佐を殺さなければならなかったのですか?」

「長州閥主流派の親分の顔色をうかがったんだろうねえ。四将軍の影響を受けたフランス派が主流のドイツ派を殺した、なんて話がその親分の耳に入ったらただじゃ済まねえ」

「その親分って?」

喜子が尋ねると、西小路がこたえた。

「山縣有朋侯ですよ」

「あら……」

喜子が言った。「そんなに怖い人とは思えないけど……」

西小路が驚いたように尋ねた。

「ご存じなのですか?」

「父が山縣侯とたまに会食するのよ。私が小さい頃は、山縣のおじいちゃんと呼んでいたわ」

さすがは子爵令嬢だと、岡崎は思った。

西小路が言った。

「なるほど……。考えてみれば、城戸子爵は、長州出身の陸軍中将だから、山縣と親交があっても不思議はない」

「ええと……。私はまだ自己紹介もしていないはずよ」

「探偵は何でも知っているんです」

「探偵さんだったの」

荒木が感じ入ったように言った。

「山縣侯なんて、雲の上の人だと思っていたけど、意外なところでつながるものですね」

喜子が言った。

「来週も、山縣侯と父は、どこかで会食をするはずよ」

「お嬢さん」

そのとき、藤田が言った。「その話を、ちょっと詳しく聞かせていただけませんか」

どうして、そんなことを知りたがるのだろう。岡崎はまたしても不審に思っていた。

23

「あら、詳しくと言われても、よく知らないんですよ」

喜子がこたえると、藤田はさらに言った。

「調べることはおできになりますか？」

「調べること……？　父と山縣侯の会食について、ですか？」

「そうです」

喜子はきょとんとした顔になった。

「どうしておじいさんがそんなことにご興味を……？」

藤田は、質問にこたえずに、繰り返した。

「調べることはおできになりますか？」

「そりゃ、父に訊(き)けばわかると思うけど……」

「私のために、それを調べていただくわけにはいかないでしょうか」

岡崎は、藤田が何かよからぬことを考えているのではないかと再び心配になった。藤田には罪を犯してほしくない。そう思い、言った。

「五十嵐大佐の怨みを預かる……。篠田次郎にそうおっしゃいましたね。あれは、どういう意味だったのでしょう」

藤田は無言だ。露ほども表情を変えない。

「ほう……」

鳥居部長が言った。「そんなことを……。怨みを預かる、ね……」

岡崎は、さらに言った。

「城戸子爵と山縣侯の会食のことを調べてどうなさるおつもりなのでしょう」

藤田はやはりこたえない。

鳥居部長も何も言わない。

喜子が言った。

「わかったわ。調べてみましょう」

すると、西小路が訳知り顔で言った。

「こういう場合は、ごくさりげなく質問しなければならないのですよ。どうしてそんなことを訊くんだろう、などとお父上に思われたら失敗です」

「そんなことは承知しています」

「お嬢さんにできますかね?」

「ご心配にはおよびません」

岡崎は藤田から何の返事もないことに不安を感じていた。藤田が剣呑(けんのん)なことを目論(もくろ)んでいるとしたら、捕縛しなければならない。

それが警察官の仕事だ。

だが、そんなことはしたくない。

もう一度、同じ質問をしようかと思っていると、鳥居部長が葦名警部に尋ねた。

「内務省は、今回の一連の事件にどう片を付けるつもりだろうね」

葦名警部は静かな声でこたえた。

「三つの……、いや、五十嵐大佐を含めて四つの殺人事件に、何の関連もなし、とするでしょうね。そうすれば、背後に長州閥内の対立があったことは公表せずに済みます」

鳥居部長が宙を眺めながら言った。

「いずれも、暴漢に襲われた、ということにすれば、珍しくもねえ殺人事件だ。世間はすぐに忘れちまうだろうなあ」

「ばかな……」

西小路が言った。「三件については、同じ凶器で殺されていることは明らかじゃないですか」

鳥居部長が言う。

「そんなものは、どうとでもなる。捜査当局が発表しなければいいだけのことだ」

岡崎は、思いついて言った。

「たしか、藤田さんは萬朝報（よろずちょうほう）の黒岩社主とお知り合いでしたね。事件のことを萬朝報で報道してもらってはどうでしょう」

それを聞いても藤田は無言だった。

代わりに鳥居部長が言った。

「眼の付けどころはいいがな、そいつも無理だろうぜ。山縣は社会主義者をことのほか嫌っていてな、新聞雑誌に対する締め付けもきつい。萬朝報も、内務省に逆らうような記事は書けねえだろうさ」

岡崎は、一瞬言葉に詰まった。

徐々に憤りが高まっていくのを感じていた。

どうしようもない怒りだ。

これは、もしかしたら篠田次郎と同じ種類の怒りなのではないかと思った。そして岡崎は、はっと気づいた。

このやりどころのない激しい怒りこそが、篠田の本当の動機だったのだ、と。

五十嵐大佐の無念を思う気持ちは、それを爆発させるきっかけに過ぎなかったのだろう。

今、藤田も、そして鳥居部長までもが、同種の怒りを胸の中に抱えている。

藤田はそれ故に、「怨みを預かる」と言ったのだろう。しかし、預かった怨みをどうしようというのだろう。

そのとき久坂が言った。

「警視庁は、何もできないのですか」

どうやら、久坂も岡崎同様の憤りを感じているらしい。

鳥居部長は言った。

「できねえだろうなあ、何も」

「しかし……」

久坂がさらに何か言おうとしたが、それを遮るように鳥居部長が言葉を続けた。

「そう、しかし、だ。警視庁にはできねえことも、藤田翁にならできるかもしれねえ。そして、西小路や城戸のお嬢さんにもな」

久坂は、怪訝そうな顔で鳥居部長を見つめた。岡崎も、自分が久坂と同じような表情をしているのがわかった。

巡査たちの疑問を代弁するかのように、葦名警部が言った。

「藤田さんが、何をおやりになるというのでしょう」

「それをこれから話し合おうじゃねえか」

岡崎はその言葉に驚いた。

鳥居部長は、藤田のやろうとしていることを黙認すると言っているのだ。いや、黙認どころか加担しようとしているのではないだろうか。

さすがの葦名警部も驚きの表情だ。

誰も何も言おうとしない。最初に口を開いたのは、西小路だった。

「さすがに鳥居部長ですね。こういうこともあろうかと、民間人を捜査に加えていたわけですね」

「俺は神でも仏でもねえよ。最初からそんなことを見通せるわきゃあねえだろう。だがな、あるときから、こりゃあ警察の手には負えねえかもしれねえと思いはじめた」

葦名警部が言う。

「本庄大佐の事件に、内務省が乗り出してきたときから、ということですね？」

「正確に言うと、薬売りのことを、本郷署の署長に電話で聞いたときからだ。内務省と聞いちゃ、俺だっておいそれと手出しはできねえ」

「それで、具体的にはどんな話し合いをするのでしょう？」

葦名警部にそう問われて、鳥居部長が言った。

「それを説明する前に、まず確かめておかなきゃならねえことがある」

「何でしょう？」

「これから先は、警視庁の部長としての話じゃねえ。だから、聞きたくねえやつは今ここで抜けてくれ」

巡査たちは互いに顔を見合わせた。

抜けろと言われても、どうしていいかわからない。それで岡崎は黙っていた。他の巡査も何も言わない。

鳥居部長が続ける。

「いいかい。俺たちに付き合ったら、警視庁をお役御免になるかもしれねえんだ。いや、罪に問われるか、へたすりゃ命に関わるかもしれねえ。そうなりゃ俺も助けてはやれねえだろう。だから言ってるのさ。抜けるなら今だ」

藤田が言った。

「どういうことなのかわかりませんな……」

「篠田の怨みを預かられたのでしょう？」

「預かった怨みについては、私個人が考えるべきことです。手出しはご無用に」

「そうはいきません。その怨みは、篠田一人のもんじゃありません。民衆の多くが抱えているもんです。そして、この俺もその怨みと怒りを抱えているんです。ならば、せめて一矢報いたいじゃねえですか」

「警視庁の部長がなさることではありません」

「警視庁の部長じゃなく、鳥居個人がやることなんです。ですから、言ってるわけです。抜けるやつは抜けてくれ、と……」

藤田はしばらく何事か考えていたが、やがて言った。

「一矢報いることになるかどうかはわかりませんが……」

鳥居部長があっけらかんと言う。

「やるだけのこたぁ、やってみようじゃありませんか」

そして、一同を見回した。「さあ、抜けるなら今だぜ。話を聞いちまってからじゃ遅いんだ」

誰も動こうとしない。

岡崎には、何が何だかわからない。今部屋から出て行けば、面倒なことに巻き込まれずに済むことだけは確かだ。

だが、俺はきっとこの部屋を出て行けないだろう。岡崎はそう思っていた。

いや、出て行けないのではなく、出て行きたくないのだ。

西小路が言った。

「やれやれ、実力を見込まれたからには、抜けるとは言えないですね」

荒木が言う。

「誰も、てめえの実力なんざ見込んでねえだろう」

「警視庁には何もできない。だが、僕たちにはできるかもしれないと、鳥居部長がおっしゃったばかりじゃないか」

荒木がそっぽを向く。

「ふん。私立探偵ごときが部長について行くと言うのだから、俺が抜けられるはずはねえな」

負けじと久坂が言った。

「私も抜けはしません。とことんお付き合いさせていただきます」

すると、いつも冷静な岩井が、少々顔を紅潮させて言った。

「私は、藤田さんといっしょに行動します。ここで逃げたら、男ではありません。私は巡査である前に男でありたいと思います」

岡崎は後れを取ったと、慌てて言った。

「もとより私も、他の三人の巡査と同じ気持ちです」

「四人の巡査は、すぐにこの部屋を出て行け」

葦名警部が言った。岡崎ら巡査は同時に彼の顔を見た。巡査たちが何か言う前に、葦名は言葉を続けた。

「……と言いたいところですが、どうやら彼らは言うことを聞きそうにありませんね」

鳥居部長が葦名警部に尋ねた。

「おめえさんはどうなんだ。さぞかしばかげたことだと思ってるんじゃねえのかい？」

「合理的とは言い難いですね。しかし……」

「しかし？」

「このままじゃ、五十嵐大佐が浮かばれませんね」

鳥居部長がうなずいた。

「そこんとこだよ、大切なのは」

「私も部屋に残ることにしますよ」

鳥居部長が、再び一同を見回した。

「出てくやつぁいねえんだね？」

誰も動こうとしない。

鳥居部長は深くうなずいてから言った。

「おい、ドアの外で誰かが聞いてねえか、調べてくんな」

岩井が素速く動いてドアを開けた。廊下の左右を見渡してからドアを閉めて言った。

「誰もおりません」

鳥居部長は言った。

「ようし。それじゃあ計画を練るとするか……」

部長室での密談が始まった。

もう後戻りはできない。岡崎はそう心に決めていた。

ふと、藤田のことを思った。

幕末の京都を駆け抜け、戊辰戦争や西南戦争を経験した藤田は、いったいどういう思いで、この明治の世を暮らしてきたのだろう。

もしかしたら、また戦いの機会を求めていたのではないだろうか。あるいは、死に場所を……。

藤田を死なせるようなことがあってはならないと、岡崎は密(ひそ)かに心に誓っていた。

24

その日の出来事については、記憶が定かではない。

周到に計画が練られ、岡崎はその計画通りに将棋の駒として動いた。ただそれだけだった。

自分たちがやったことに対して、岡崎はまったく実感がなかった。

計画を立てるに当たり、一番の功労者は、城戸喜子子爵令嬢だった。彼女は、事細かに城戸子爵と山縣有朋の会食の予定を聞き出して来た。

場所と時間、そして、移動の道筋までを記憶してきて、鳥居部長をも驚かせた。それで計画のほとんどが出来上がったようなものだった。

あとは、それぞれの分担をしっかりと覚え込み、そのとおりに行動するだけだった。

計画では、夜の九時過ぎに事が始まるはずだった。実際には、計画よりも三十分ほど遅れた。

その間、岡崎たちはただじっと待ち続けるだけだった。


「ああ、この先は工事をしていてね……。回り道をしてもらう」

暗い道の向こうで、久坂の声がした。制服姿の久坂と岩井が、道を封鎖しているのだ。

『椿山荘』と名付けられた山縣有朋の屋敷に向かう道だ。この道を通すのは、山縣有朋を乗せた馬車だけと決めてある。

岡崎と荒木の役目は見張りだった。計画が終了するまで、何人も現場に近づけない。それが役割だ。

「遅いな……」

荒木の声が聞こえる。暗がりなので、その表情は見えないが、緊張し、苛立っているのが声でわかる。

岡崎はこたえた。

「会食が長引いているのかもしれない」

「別の道を通ったんじゃないのか？」

「食事をしている上野精養軒から椿山荘に向かう馬車道はここしかあるまい」

「おい……」

荒木が緊迫した声を出した。「馬車の音じゃないか……」

たしかに、かすかにそのような音が聞こえる。

緊張が高まり、頭がぼうっとしてきた。それからの出来事は、まるで夢の中のように現実味がなかった。

馬車に山縣有朋が乗っていることを確かめるのは、久坂と岩井の役目だ。

鳥居部長と葦名警部が、警護の者たちを引き離す手筈になっている。

やがて、暗い道の先に馬車の輪郭が見えてきた。それが近づくにつれて、岡崎はますます現実感をなくしていった。

馬車の前に二人の男が立ちはだかる。鳥居部長と葦名警部だ。

御者と短いやり取りがあった。

岡崎の心臓は高鳴った。

「おい、行くぞ」

荒木が言う。岡崎は言われるままに、荒木とともに馬車に近づいた。

馬車から二名の軍服姿の男が下りて来た。山縣有朋ともなれば、ずいぶんとたくさんの警護の者を連れているのではないかと思ったが、どうやらそうでもないようだ。

喜子によれば、いつも一人か二人を連れているだけだという。政界の第一線からは退いているからだろう。

そして、馬車に乗れる人員は限られている。

警護の軍人たちは、陸軍の将校のようだ。彼らの声が聞こえてくる。

「警視庁だと？　馬車にお乗りなのは、山縣侯だ。その馬車を停めるとは無礼千万だぞ」

それにこたえて、鳥居部長が言う。

「失礼は承知の上です。ですが、この先はちょっと危険でして……」

「危険……？　何事だ？」

「社会主義者たちが、爆裂弾を仕掛けたという知らせがありまして……。現在、確認中です」

「爆裂弾だと……」

「安全が確認されるまで、しばらくお待ちいただきたいのですが……」

二人の将校は顔を見合った。といっても、暗くて互いの表情が見えたかどうかわからなかった。

馬車の中から低い声が聞こえてきた。

「何事か？」

陸軍将校たちはその声に反応した。一人がこたえる。

「はっ。何でも社会主義者が爆裂弾を仕掛けたとの知らせがあった模様で……」

「社会主義者だと……」

馬車の中の声が気色ばむ。山縣の社会主義嫌いは有名だ。

その声は続けて言った。

「そこにいる者たちは、本当に警察官か？」

「はっ。間違いなく警視庁の者たちです」

「ならば、いっしょに行って確かめてこい。爆裂弾なら、警視庁よりもおまえたちのほうが詳しかろう」

「しかし、この場を離れるわけには……」

そのとき、鳥居部長が言った。

「巡査たちがおります。ここは巡査にお任せください」

馬車の中から声がする。

「早く行ってこい」

鳥居部長が将校たちに言う。

「ご案内します。こちらです」

鳥居部長と葦名警部は、二人の将校を連れて馬車から離れていく。彼らの姿が闇に消えると、かすかに馬車が揺れた。

ややあって、馬車の中の山縣が言う。

「何者だ……」

それにこたえる藤田の声が聞こえてきた。

「名乗るほどの者ではありません」

「山縣有朋と知っての狼藉(ろうぜき)か？」

「直接に、一言申し上げたいことがあり、こうして会いに参りました」

「言いたいことだと？」

「はい」

「何だ？」

「この国がご自分のものだとお思いでしたら、大間違いです。それを申し上げに参りました」

「何だと……？」

「貴殿のものでもなければ、薩長のものでもありません。この国で生まれ、暮らし、死んでいくすべての者たちのものです」

「戯(ざ)れ言(ごと)を……」

「山縣侯ともあろう方が、つまらぬことをなさいました」

「何の話だ？」

「主流であるドイツ派と四将軍ら反主流のフランス派との争い……」

「何を言っておる」

「五十嵐という陸軍大佐が殺されました。ご存じでしょう」

「知らんな」

「本当にご存じないのなら、お調べになることです」

「ドイツ派とフランス派の争いと申したか」

そのとき、道の向こうで声がした。

「何が爆裂弾だ。何もないではないか」

「いやあ、これは失敬。すでに、確認も済んで、係の者たちは引きあげたようでしたな……」

鳥居部長たちが戻って来たのだ。

岡崎は、馬車を二度叩(たた)いた。時間がないという合図だ。

藤田が言った。

「高島大学講師、本庄陸軍大佐、そして、狭間という内務省の間諜が相次いで殺されました。その件は内務省預かりになっております。五十嵐大佐殺害とそれらの件は関連しております」

「なぜ、そんな話をこの山縣に……」

鳥居部長や陸軍将校たちがさらに近づいてきた。

岡崎は再び、馬車を叩いた。

藤田が言った。

「わからないのなら、お調べになることです」

「待て」

山縣の声だ。「見覚えがあるような気がする。どこかで会ったことがあるか？」

「お目にかかるのは初めてです」

「何者だ？」

「名もなき者です。ただ、若い頃に国のために命を賭したことがあります」

「ぬ……。なんと、過去の亡霊か……」

「貴殿も同じようなものでしょう」

短い間があった。

「殺されたのは五十嵐大佐と言ったな。調べてみよう」

また馬車がかすかに揺れた。

鳥居部長、葦名警部、そして陸軍将校たちが馬車のところに戻って来た。

山縣が陸軍将校たちに、今の出来事を伝えるのではないかと、岡崎は警戒していた。そうなれば、強硬手段に出なければならなくなる。

馬車の中の声に耳を澄ます。

山縣は何も言わない。

陸軍の将校が報告する。

「爆裂弾の知らせは誤報のようです。すでに調べも終わっている様子でした」

鳥居部長が言う。

「いや、ご迷惑をおかけしました。申し訳ございません」

山縣は、ただ一言「そうか」と言っただけだった。

やがて馬車は去って行った。

「ずらかるぜ」

鳥居部長が言った。

岡崎たちは、その場から一目散に駆け出した。

25

藤田でなければ、いや、新選組の斎藤一でなければ、できなかった芸当だと、岡崎は思っていた。

貫禄で山縣と伍するることができるのは、藤田しかいない。全身から立ち上る迫力が、山縣をも圧倒したに違いない。

計画の翌日から、岡崎たちは普通の勤務に戻っていた。警視庁での日常だ。

葦名警部は無表情のまま、淡々と仕事をしている。

鳥居部長は、部長室ではなく大部屋の席にどっかと収まっている。

何もかもがいつもどおりだ。

だが岡崎は、はらはらしていた。

警視庁内には内務省の警保局から出向している者たちがいる。彼らが鳥居部長や岡崎たち巡査のところにやってきて、拘束すると言い出すのではないか。

そう思うと気が気ではない。犯罪者の気持ちがよくわかると、岡崎は思った。

もし、山縣が何か言えば内務省はすぐに動く。山縣の警護をしていた陸軍将校たちは、鳥居部長や葦名警部の顔を見ているので、その身許はすぐに知れるだろう。

山縣が命じれば、鳥居部長以下岡崎たち巡査まであっという間に一網打尽のはずだ。

いつそうなってもおかしくはない。

計画実行の翌日、岡崎は一日中気もそぞろだった。外回りをしていると、近づいてくる男たちが皆内務省の密偵に思えた。

警視庁に戻ると、警保局から出向している者たちの動きが気になった。

二日目も、出勤するのが憂鬱(ゆううつ)だった。

どうして、すぐに沙汰(さた)がないのだろう。どうせ捕縛するならさっさとやってくれ。そんなことまで思った。

荒木も気にしている様子だ。久坂も岩井も怯(おび)えているのは明らかだった。

鳥居部長はまったく恐れている様子はない。どこか退屈そうに、服部課長の報告を聞いたり、書類を読んだりしている。

葦名警部も何も変わらない様子だ。

この二人はさすがだと思った。もし、内務省の連中が逮捕にやってきても、顔色一つ変えないのではないかと、岡崎は思った。

彼らのように、腹の据わった人間になりたいものだと思った。

三日目の午前中に、西小路がやってきた。彼はにこやかに言った。

「やあ、みなさん、お元気ですか?」

鳥居部長が返事をする。

「おう、おめえさんも元気そうで何よりだな」

第一部の部長が親しげに声をかけるので、周囲の者は何も言えない。

その場にいた荒木が西小路の袖を引っぱり、部屋の隅に連れて行く。それを見た岡崎も荒木に付いていった。

西小路が荒木に言った。

「いったい何なんだ？　こんなところに引っぱってきて……」

荒木が尋ねる。

「おめえのところにも、何のお沙汰もねえようだな？」

「お沙汰……？　どういうお沙汰だね」

岡崎は声をひそめて言った。

「山縣侯が内務省に何か一言言えば、我々はあっという間にお縄になるはずだ」

西小路は顔をしかめた。

「何をそんなにびくびくしているんだ。警視庁巡査なら、もっと毅然としたまえ」

荒木が言う。

「おめえは、貴族院議員のおじいさんの後ろ盾があるから、何かあっても助けてもらえると踏んでいるんだろう。だからそんな涼しい顔をしていられるんだ」

「そうだな。捕まったとしても、僕は祖父の口ききでなんとか逃れられるかもしれない。城戸子爵の令嬢もそうだ。平民は辛いねえ」

荒木が舌打ちをする。

西小路が笑った。

「冗談だよ。いくら祖父が貴族院議員だからって、内務省のお調べには口を出せないだろう」

岡崎は尋ねる。

「その貴族院議員の伯爵に頼んで、内務省の様子を探ってはもらえないものだろうか」

西小路は岡崎を見てうなずいた。

「今日はそのことで、こちらを訪ねて来たんだ」

「そのことで……?」

「探ってもらったのさ。祖父に内務省の様子を」

荒木が驚いた顔で言う。

「いったい、何と言って探ってもらったんだ?」

「なに、ありのままだよ。先日山縣侯に意見をしました。それについて、内務省で何らかの動きが見られるでしょうか、ってね」

岡崎も驚いていた。貴族の世界のことは、庶民にはなかなか想像ができない。

そんなことを有り体に言って問題にならない世界なのだろうか。おそらく、貴族の間では、政界の人々の批判などは日常茶飯事なのだろうと、岡崎は思った。

荒木が尋ねた。

「それで……?」

「何人かの首が飛んだという話を聞いた」

「首が飛んだ？」

「おそらく、本庄大佐や間諜の狭間の殺人を捜査していた部署の責任者たちだろう」

岡崎は言った。

「その連中が、陸軍と通じていて五十嵐大佐殺害に関与した……」

西小路は平然とうなずいた。

「おそらくそういうことだと思うね」

「待てよ」

荒木が言う。「じゃあ、山縣侯は本当に五十嵐大佐殺しのことなど知らなかったということか？」

西小路がこたえる。

「狐（きつね）が虎（とら）の顔色をうかがって悪事を働くことは珍しいことじゃないよ」

荒木が考え込んだ。

西小路が言った。

「じゃあ僕は、今の話を鳥居部長に知らせてくるから」

彼が歩き去ると、岡崎は荒木に尋ねた。

「今の話、どう思う？」

「内務省内でいろいろと画策していたやつが、山縣侯の怒りを買ったということだろうな」

「それは、山縣侯がこちらの言い分を聞き入れた、ということなのだろうか」

「そう考えたいのは、山々だが、確証がない」

「俺たちは、いつまでびくびくしなければならないんだ？」

「何か確かなことがわかるまでだな」

岡崎は何も言えず曖昧にうなずいた。


その翌日だった。

ある新聞に次のような記事が載った。

「五十嵐惣五郎陸軍大佐、皇国内で名誉の戦死」

そんな見出しだった。

五十嵐大佐は、日本国内に潜伏しているロシアの間諜グループを発見、その摘発を行った。その結果、間諜グループは壊滅。だが、不幸にして反撃を食らい、名誉の戦死を遂げた。

そのような記事だった。

さらに、そのロシア間諜グループは、ドイツの動向を探るべく、東京帝国大学文科大学の高島良造講師、陸軍省軍務局の本庄敬史郎大佐と接触し、二人を殺害していたことも明らかになった。

そういう内容の記事だった。

岡崎がその記事を読んで、困惑していると、葦名警部が言った。

「部長室に集合とのことだ」

岡崎はすぐに向かった。

部長室に鳥居部長、葦名警部、そして、岡崎、荒木、久坂、岩井の四人の巡査が顔をそろえた。

岩井がドアを閉めると、鳥居部長が言った。

「新聞は読んだかい」

巡査は声をそろえて「はい」とこたえる。

部長の言葉が続く。

「あの記事の内容は、内務省発表だということだ」

葦名警部が補足するように言った。

「昨日、西小路が知らせてくれたところによると、内務省内では何らかの粛清が行われたようだ」

鳥居部長が言った。

「この記事はさ、いわば、山縣による手打ちだろう。ロシアの間諜グループだなんて、ばかばかしい話だが、まあ五十嵐大佐の名誉を守ったことにもなるし、このへんが落としどころだと、俺は思うがどうだい？」

どうだいと訊かれても、部長が落としどころだと言うのだから何も言うことはない。

「あのお……」

久坂がおそるおそるという体で尋ねた。

「なんでえ？」

「手打ちということは、もう我々にはおとがめなしということでしょうか」

鳥居部長はうなずいた。

「そういうことだろうな」

久坂はほっとした顔になった。

岡崎も安堵していた。

岩井が尋ねた。

「では、藤田翁も無事だということですね」

鳥居部長はにっと笑って言った。

「あの人は、いつ何時何があっても無事だよ」

そうかもしれないと、岡崎は思った。

「しかし……」

葦名警部が言った。「あの山縣侯が、よく話を聞き入れましたね……」

鳥居部長が言う。

「相手が相手だからなあ……」

「山縣侯は、藤田翁の正体に気づいたということですか？」

「じゃなきゃあ、手打ちにはなるめえよ」

葦名警部がうなずいた。

「なるほど……」

「この国は、変わろうとしている。西洋の列強と肩を並べる国になりてえと必死なのよ。それを先導しているのが山縣率いる長州閥だ。だがね、長い歴史を経て培ってきたものをすべてかなぐり捨てて、何もかも西洋風にしちまうってのは、土台無茶な話だ」

　岡崎は思い出して言った。

「そういえば、文科大学のケーベル先生もおっしゃっていました。日本はまったく別の国になろうとしている、と……。そのときのケーベル先生はなぜか悲しげでした」

　鳥居部長がうなずいて言った。

「ヘルン先生は、日本古来の文化を心から愛しておられた。しかし、今日本が求めているのは、新しい西洋の文化を紹介する先生なんだ。それで、ヘルン先生は大学を追われ、代わりにイギリスに留学した黒猫先生が赴任するわけだ。けどね、そのことについて、一番忸怩たる思いを抱いておられるのは黒猫先生なんだよ」

　岡崎たちは、黙って鳥居部長の話に耳を傾けていた。

　部長の言葉が続いた。

「黒猫先生は何度も俺に言ったよ。これから日本は、うんと苦しむことになるだろうって。今まで、日本という国と日本人という国民とは同じものだった。この先は国民と国が別のものになっていくだろう。黒猫先生はそうおっしゃる。それはつまり、安心して暮らしていた家から放り出されるようなものだ」

　その話は以前も聞いた気がする。よく理解できないが、黒猫先生がそう言うのなら、きっとそのとおりなのだろうと、岡崎は思う。

さらに鳥居部長は言う。

「前へ前へ進もうとするが、過去からの呪縛に苦しむこともあるだろう。山縣はさ、新選組の斎藤一と面と向かって、それを痛感したんだろう」

「そういえば……」

岡崎は言った。「山縣侯は言いました。過去の亡霊、と……」

鳥居部長が言う。

「山縣は、心底恐ろしく思ったんだろう。それで、手打ちってわけだ」

「ともあれ」

葦名警部が言った。「これで事件は幕引きですね」

鳥居部長が言った。

「そうだ。みんな、ご苦労だったな」


夏の暑さはこれから本番を迎える。

岡崎は制服の中にたっぷり汗をかきながら町を巡回していた。

神田区までやってきて、その足が自然に女子高等師範学校のほうに向かった。

午後三時。一日でもっとも暑い時間帯で、岡崎はすっかり参っていた。

女子高等師範学校の俥寄せ(くるまよせ)のあたりまでやってきた岡崎は、急に背中をしゃんと伸ばした。

竹箒(たけぼうき)を持って俥寄せを掃いているのは、藤田だった。岡崎が近づいて行くと、藤田は手を止めて真っ直ぐに視線を向けてきた。

それだけで暑さを忘れた。

頭を下げたが、何を言っていいのかわからない。藤田のほうも何も言わない。

二人は向かい合って、しばし顔を見合っていた。

「庶務のおじいさん」

若い女性の声が聞こえた。

そちらを見ると、城戸喜子子爵令嬢が小走りにやってくるところだった。

岡崎は会釈をした。

「あら、巡査さん。たしか、岡崎さんだったかしら」

「名前を覚えていただいたのですね」

「私、記憶力には自信があるの」

そうだった。彼女は山縣侯と城戸子爵の会食の予定について、すべてを暗記していたのだ。

喜子は、岡崎と藤田の二人を交互に見て言った。

「また、何か相談なさっているの？」

岡崎は苦笑した。

「そうではありません。通りかかると、藤田さんのお姿が見えたので……」

「なあんだ」

喜子が言った。「また大事件かと思った」

岡崎が言う。

「そうそう大きな事件は起きませんよ」

喜子が藤田に言った。

「また何か、大事件が起きたら、いっしょに捜査のお手伝いをしましょうね」

藤田は、肯定も否定もせず、ただ喜子を見てほほえんでいるだけだった。

この物語を書くに当たり、関川夏央氏／谷口ジロー氏の「新装版『坊っちゃん』の時代」（双葉社）に強くインスパイヤーされ、参考にさせていただきました。

この場を借りてお礼を述べさせていただきます。ありがとうございました。

今野　敏

この作品は、月刊「ランティエ」二〇一五年十二月号～
二〇一六年十一月号までの掲載分に加筆・訂正したものです。

著者略歴

今野敏（こんの・びん）
1955年北海道生まれ。上智大学在学中の78年に『怪物が街にやってくる』で問題小説新人賞を受賞。卒業後、レコード会社勤務を経て、執筆に専念。近著に『去就』『継続捜査ゼミ』のほか、小社刊に『デッドエンド』『捜査組曲』『潮流』などがある。2006年、『隠蔽捜査』で吉川英治文学新人賞を、08年『果断 隠蔽捜査2』で山本周五郎賞、日本推理作家協会賞を受賞。

Kadokawa Haruki Corporation

今野敏

サーベル警視庁（けいしちょう）

*

2016年12月28日第一刷発行

発行者 角川春樹
発行所 株式会社 角川春樹事務所
〒102-0074 東京都千代田区九段南2-1-30 イタリア文化会館
電話03-3263-5881(営業) 03-3263-5247(編集)
印刷・製本 中央精版印刷株式会社

ISBN978-4-7584-1298-8 C0093
http://www.kadokawaharuki.co.jp/